O Regresso de Paddington

MICHAEL BOND

O Regresso de Paddington

Novas aventuras do urso que nasceu no Peru

TRADUÇÃO
Maria Eduarda Colares

ILUSTRAÇÕES
R. W. Alley

ILUSTRAÇÃO DA CAPA
Peggy Fortnum

Editorial Presença

FICHA TÉCNICA

Título original: *Paddington Here and Now*
Autor: *Michael Bond*
Text copyright © Michael Bond, 2008
Illustrations copyright © HarperCollins Publishers Ltd., 2008
Cover illustration copyright © Peggy Fortnum and HarperCollins Publishers Ltd., 2008
Ilustração da capa: *Peggy Fortnum*
Ilustrações do interior: *R. W. Alley*
Tradução: *Maria Eduarda Colares*
Composição, impressão e acabamento: *Multitipo — Artes Gráficas, Lda.*
1.ª edição, Lisboa, Outubro, 2010
Reimpressão, Lisboa, Novembro, 2017
Depósito legal n.º 316 550/10

Reservados todos os direitos
para Portugal à
EDITORIAL PRESENÇA
Estrada das Palmeiras, 59
Queluz de Baixo
2730-132 BARCARENA
info@presenca.pt
www.presenca.pt

ÍNDICE

Capítulo Um — Problemas de Estacionamento... 9

Capítulo Dois — Paddington Leva a Melhor 31

Capítulo Três — Paddington Dá Música 54

Capítulo Quatro — Paddington Fica por Cima 79

Capítulo Cinco — Paddington Descose-Se 103

Capítulo Seis — Paddington Sonha com Altos Voos 127

Capítulo Sete — A Surpresa de Natal de Paddington 149

Capítulo Um

PROBLEMAS DE ESTACIONAMENTO

— O MEU CARRINHO DE COMPRAS foi rebocado! — exclamou Paddington, irritado.

Olhou para o lugar onde o havia deixado antes de entrar na mercearia do Mercado de Portobello. Nunca tal coisa lhe acontecera, durante todos os anos em que vivera em Londres, e mal podia acreditar nos seus próprios olhos. Mas, se ele pensava que olhar para o espaço vazio iria fazer reaparecer o carrinho, bem se podia preparar para a maior das desilusões.

O Regresso de Paddington

— 'Tamos mal, 'tamos, se um jovem cavalheiro urso já não pode deixar o seu carrinho de compras desacompanhado durante cinco minutos, p'a ir tratar dos seus assuntos — disse um dos vendedores, que normalmente fornecia a Paddington os vegetais quando ele ia às compras para a família Brown. — Nã' sei onde é que este mundo vai parar.

— Já não se tira e dá — apoiou um homem, na tenda do lado. — Agora é só tirar e nada de dar. A seguir vão-nos rebocar a *nós*, oiçam bem o que vos digo.

— Devia ter deixado um papel a dizer «Volto dentro de cinco minutos» — lembrou um terceiro.

— Havia de valer de muito — ripostou outro.

— Hoje em dia não nos dão nem cinco segundos, quanto mais cinco minutos.

Paddington era uma figura popular no mercado e por esta altura já uma pequena multidão de simpatizantes se tinha começado a reunir. Apesar de ser conhecido por regatear sempre os preços, era muito respeitado pelos vendedores. Para muitos deles, ser seu fornecedor era considerado uma honra, equiparada a exibir uma placa a atestar que eram fornecedores de um membro da família real.

Problemas de Estacionamento

— O encarregado disse que o seu carrinho estava a impedir a passagem do veículo — disse uma senhora que testemunhara o acontecimento. — Estavam a tentar colocar-se por trás de um carro que iam rebocar.

— Mas os meus pãezinhos estavam lá dentro — protestou Paddington.

— *Estavam* é provavelmente a palavra correcta — disse a senhora. — O mais certo é que, enquanto aqui estamos a falar, eles estejam aí estacionados nalguma transversal, a devorá-los. Guiar aqueles grandes reboques deve dar cá um destes apetites!

— Não sei o que é que Mr. Gruber vai dizer quando souber — lamentou-se Paddington. — Eram para o nosso chá das onze.

— Veja as coisas pelo lado positivo — disse outra senhora. — Pelo menos a sua mala ficou consigo. O carrinho podia ter sido bloqueado. E desbloqueá-lo ter-lhe-ia custado 80 libras.

— E ainda ia ter de esperar meio dia antes que aparecessem para o fazer — apoiou outra.

A cara de Paddington ia ficando mais tristonha à medida que ouvia todas estas palavras sábias.

O Regresso de Paddington

— Oitenta libras! — exclamou ele. — Mas eu só entrei para comprar a água mineral da Mrs. Bird!

— Por 10 libras, pode comprar no mercado um carrinho novo — interveio, animador, outro vendedor.

— Acho mesmo que se regatear um bocadinho consegue um por bastante menos — disse um outro.

— Mas eu só tenho dez cêntimos — lamentou-se Paddington. — E, para além disso, eu não queria um novo. Mr. Brown deu-me o meu pouco tempo depois de eu ter chegado. Tenho-o desde essa altura.

— Tem toda a razão! — concordou um transeunte. — Não vá em cantigas. Já não se fazem da-

Problemas de Estacionamento

queles. Os novos são todos em plástico. Nem cinco minutos duram.

— Se quiserem saber a minha opinião — disse a senhora da banca das bugigangas —, só tenho pena que não o tenham bloqueado. O meu Sid era o primeiro a emprestar-lhe a serra tico-tico. Ele não aguenta esse tipo de coisas.

— Foi pena não ter estado cá quando eles o fizeram — disse outro vendedor. — Podia ter-se deitado no meio da estrada, à frente do camião, em forma de protesto. Então nós telefonaríamos para a imprensa local para eles enviarem um fotógrafo e teria saído em todos os jornais.

— Isso faria logo parar o camião — concordou alguém entre a multidão.

Paddington, hesitante, olhou para o homem.

— E se não parasse? — perguntou.

— Nesse caso teria aparecido nas notícias da tarde — retrucou o homem. — A televisão teria feito exteriores, a entrevistar todas as testemunhas.

— Ter-se-ia tornado aquilo a que se chama um mártir — apoiou o primeiro homem. — Nem duvido de que dentro em pouco iriam erguer aqui uma estátua em sua honra. Então é que ninguém conseguia estacionar.

— O que precisa — disse o vendedor das frutas e hortaliças, resumindo toda a situação — é de um bom advogado. Alguém como Sir Bernard Crumble. Ele vive ali ao cimo da rua. E este tipo de coisa é mesmo o estilo dele. Ele é muito bom a defender os desgraçados — parou bruscamente, ao olhar para Paddington. — Bem, estou convencido de que ele também aceita os ursos desgraçados. Arrumava esses da camioneta sem dó nem piedade. Não consta que alguma vez tenha perdido um caso.

— Em que rua é que ele vive? — perguntou Paddington, esperançoso.

— Eu acho que isso é areia demais para a sua camioneta — disse outro vendedor —, se me permite o trocadilho. Dizem que ele cobra coiro e cabelo só para abrir a porta ao carteiro.

— Se eu fosse a si — interveio um transeunte —, antes de fazer o que quer que fosse, ia à esquadra da Polícia e apresentava queixa. Creio que eles lhe poderão arranjar um advogado.

Problemas de Estacionamento

— Faça o que fizer — aconselhou um dos vendedores —, não lhes diga que foi rebocado. Seja o que eles chamam não colaborante. Diga apenas que o seu veículo desapareceu. — E olhou, atónito, para a grande quantidade de água engarrafada que Paddington tinha comprado na mercearia. — Pode deixar isso comigo. Eu tomo conta.

Paddington agradeceu ao homem a sua amável oferta e, depois de acenar à multidão, avançou em passo acelerado na direcção da esquadra mais próxima.

No entanto, assim que virou a esquina e uma luz azul que lhe era familiar entrou no seu ângulo de visão, começou a abrandar. Ao longo dos anos, conhecera já um grande número de polícias e tinham estado sempre mais do que disponíveis para ajudar em alturas de aflição. Houve aquela vez em que confundira o homem das reparações da televisão com um ladrão; e aquela em que um homem no mercado lhe vendera acções de petróleo que, afinal, eram falsas.

Mas, na realidade, nunca tinha entrado sozinho numa esquadra da Polícia e, não sabendo o que esperar, começava a desejar ter consultado o seu amigo

Mr. Gruber, antes de dar este passo. Mr. Gruber estava sempre pronto a ajudar, e mais pronto estaria, com certeza, se soubesse que os seus pãezinhos estavam desaparecidos. Até era capaz de fechar a loja durante a manhã.

E se, por alguma razão, não estivesse disponível, havia sempre Mrs. Bird. Mrs. Bird cuidava dos Brown, e não tolerava qualquer espécie de despropósito, especialmente se desconfiasse que Paddington estava a ser levado.

Porém, Paddington acabou por ficar agradavelmente surpreendido quando subiu os degraus e entreabriu ligeiramente a porta. Para além de um homem em uniforme, atrás de um balcão, a sala estava completamente vazia.

O homem era muito mais novo do que ele esperava. De facto, não parecia muito mais velho do que o filho de Mr. e Mrs. Brown, Jonathan, que ainda andava na escola. Ficou ligeiramente apreensivo quando viu Paddington, como se não soubesse muito bem o que fazer com ele.

— Ahm... *Sprechen Sie Deustch?* — aventurou-se, nervoso.

Problemas de Estacionamento

— Santinho — disse Paddington, tirando educadamente o chapéu. — Posso emprestar-lhe o meu lenço, se quiser.

O polícia olhou para ele pasmado, antes de tentar uma segunda vez.

— *Parlez-vouz français?*

— Hoje não, obrigado — respondeu Paddington.

— Desculpe perguntar — disse o polícia. — Mas esta é a nossa «Semana de Boas-Vindas aos Estrangeiros». Absolutamente não oficial, claro. Foi uma ideia do sargento, porque temos muitos visitantes da Europa continental nesta altura do ano, especialmente na área de Portobello Road, e eu achei que talvez...

— Eu não sou estrangeiro — exclamou Paddington, exaltado. — Eu nasci no Peru.

O polícia pareceu ficar desorientado.

— Bem, se isso não é estrangeiro, não sei o que será — disse ele. — Desculpe, mas nunca se sabe. Seja de onde for, devo dizer que fala muito bem inglês.

— A minha tia Lucy ensinou-me, antes de ir para o Lar de Ursos Reformados, em Lima — esclareceu Paddington.

— Bem, deixe-me que lhe diga que fez um belíssimo trabalho, tiro-lhe o chapéu — disse o polícia. — E então, o que podemos fazer por si?

— Estou aqui por causa do meu veículo — disse Paddington, escolhendo as palavras com cuidado. — Não está onde eu o deixei.

— E onde foi isso? — perguntou o polícia.

— À porta da mercearia, no mercado — informou Paddington. — Deixo-o sempre ali quando vou às compras.

Problemas de Estacionamento

— Santo Deus — exclamou o agente. — Mais um a desaparecer. Não se vê outra coisa, especialmente por estas bandas... — Puxou para si o teclado do computador, para começar a escrever. — É melhor eu ficar com alguns pormenores.

— Tinha os meus pãezinhos lá dentro — informou Paddington.

— Isso não ajuda muito — disse o polícia. — Referia-me mais à marca.

— Não tem bem marca — disse Paddington, vagamente. — Foi Mr. Brown que o construiu para mim, quando eu fui viver com eles.

— Fabrico artesanal — disse o polícia, escrevendo a informação. — Ahhhh! Cor?

— Penso que se chama cor de palha — disse Paddington.

— Vou pôr amarelo, para já — decidiu o homem.
— Deixou o travão de mão puxado? Isso atrasa-os sempre um bocado quando tentam fugir.

— Não tem travão de mão — disse Paddington.
— Nem sequer tem travão de pata. Quando preciso de o parar numa subida, normalmente ponho pedras debaixo das rodas. Principalmente quando vou buscar as batatas.

— Batatas? — repetiu o polícia. — O que é que têm as batatas a ver com isso?

— Pesam muito — explicou Paddington. — Especialmente as da variedade *King Edward*. Se o meu veículo começasse a rodar pela rua abaixo, eu não sei o que faria. Suspeito que fecharia os olhos, para o caso de bater em alguma coisa e as batatas caírem todas.

O polícia levantou os olhos do teclado e fitou Paddington.

— Vou fingir que não ouvi isso — disse ele, sem agressividade. — Esse tipo de coisa não cai muito bem se chegar ao tribunal. Ainda acaba por ir parar à prisão. E, quanto ao carro, vá-se preparando — continuou ele. — Olhe que a esta altura já deve estar a caminho da República Checa, ou coisa assim.

— A República Checa! — exclamou Paddington, irritado. — Mas ainda pouco passa das dez horas.

— Não pode nem imaginar — disse o homem. — Esta gente não perde tempo. Uma passagem rápida com uma pistola de tinta... e sabe-se lá que cor terá agora. Uma nova matrícula... Por outro lado, nós não dormimos em serviço. — Pegou no telefone. — Vou passar o alerta a todas as esquadras.

Problemas de Estacionamento

— Isso não tenho — disse Paddington, parecendo mais aliviado.

— Não tem o quê? — perguntou o polícia, colocando a mão sobre o bocal do telefone.

— Matrícula — respondeu Paddington.

O polícia pousou o auscultador.

— Espere lá. A seguir vai dizer-me que também não pagou o imposto automóvel...

— E não — afirmou Paddington, cada vez mais entusiasmado. Era espantoso como o agente descobria todas as coisas que ele não tinha. — Estou feliz por ter vindo aqui — disse ele. — Não sabia que era preciso pagar impostos.

— Não conhecer a lei não é desculpa — avisou o polícia, espantado. Tirou de debaixo do balcão uma grande placa com uma série de fotografias.

— Deduzo que esteja familiarizado com os sinais de trânsito...

Paddington espreitou para a placa.

— Não tínhamos nada disso lá na minha aldeia, no Peru — admitiu. — Mas ao pé de onde eu vivo há uma.

O polícia apontou ao acaso para uma das imagens.

— O que é isto?

— Um homem a tentar abrir um chapéu-de-chuva — respondeu Paddington imediatamente.
— Penso que queira dizer que vai começar a chover.
— O que aqui está representado é um homem com uma pá — disse o polícia, cansado. — Quer dizer que há obras na estrada. Se quer saber a minha opinião, eu acho que tem de voltar a ler o Código da Estrada, a não ser que...
— Tem toda a razão — interrompeu Paddington, cada vez mais satisfeito por ter ido à esquadra. — Nunca o li.
— Eu acho que está na altura de vermos a sua carta de condução — disse o polícia.
— Isso também não tenho — exclamou Paddington, muito excitado.
— E o seguro?
— O que é isso? — perguntou Paddington.
— O que é isso? — repetiu o polícia. — *O que é isso?* — Passou os dedos pelo interior do colarinho. De repente estava imenso calor na sala. — Vai dizer-me a seguir — exclamou — que não passou no exame de condução?
— E tem toda a razão — confirmou Paddington, entusiasmado. — Fiz exame uma vez, por engano,

Problemas de Estacionamento

mas não passei porque bati no carro do instrutor. Eu estava no carro do Mr. Brown na altura e tinha metido a marcha atrás por engano. Não acho que ele tenha ficado muito satisfeito.

— Os instrutores têm dessas coisas — afirmou o polícia. — Ursos como você são uma ameaça para os outros utentes das estradas.

— Oh não, eu nunca uso a estrada — disse Paddington. — A não ser que seja necessário, caso contrário mantenho-me sempre no passeio.

O polícia lançou-lhe um longo e duro olhar. Parecia ter envelhecido no curto tempo em que Paddington ali tinha estado.

— Está consciente — ameaçou ele — de que eu o podia fechar a sete chaves?

— Espero que não o faça — disse Paddington, com sinceridade. — Eu não sou muito bom a abrir fechaduras. Não é fácil com estas patas.

O polícia olhou nervosamente por cima do ombro, antes de levar a mão ao bolso de trás.

— E já que falámos de patas — disse ele, como quem não quer a coisa, enquanto contornava o balcão. — Importa-se de esticar as suas à sua frente?

O REGRESSO DE PADDINGTON

Paddington fez o que lhe pediam e, para sua surpresa, ouviu um estalido e viu subitamente os seus pulsos presos por uma espécie de corrente.

— Espero que tenha um bom advogado — disse o polícia. — Vai precisar. Caso contrário, nem os ossos se lhe aproveitam.

— Nem os ossos se me aproveitam? — repetiu Paddington, alarmado. Olhou fixamente para o homem. — Então como é que eu me vou aguentar em pé, sem ossos?

— Agora vou tirar-lhe as impressões — informou o polícia.

— As *impressões*? — repetiu Paddington, sobressaltado.

Problemas de Estacionamento

— Impressões digitais... dos dedos — explicou o polícia. — Só que, no seu caso, vamos ter de nos contentar com as patas. Em primeiro lugar, quero que faça força com uma delas nesta almofada de tinta, e depois no papel, para que tenhamos um registo para referências futuras.

— A Mrs. Bird não vai ficar nada satisfeita se isto sujar os lençóis — avisou Paddington.

— Depois — continuou o polícia, ignorando a interrupção —, está autorizado a fazer um telefonema.

— Nesse caso — disse Paddington —, gostaria de ligar para Sir Bernard Crumble. Ele vive aqui perto. Parece que é muito bom em casos de viação e trânsito. Não sei se ele se ocupa de carrinhos de compras com rodas, mas, se o fizer, disseram-me no mercado que ele os mete na ordem sem dó nem piedade.

O polícia, estarrecido, olhou para ele.

— Será que o ouvi dizer carrinho de compras com rodas? — exclamou. — Por que raio é que não me disse logo isso?

— Não me perguntou — afirmou Paddington.

— E tenho uma licença especial para ele. Foi-me dada

quando chumbei o meu teste de condução num carro. Disseram que servia para toda a vida. Acho que Sir Bernard vai querer vê-la. Eu guardo-a num compartimento secreto da minha mala. Posso mostrar-lhe, se quiser. Ou pelo menos podia, se a tivesse comigo e se pudesse usar as minhas patas.

Olhou para o polícia, que estava a ficar branco como uma folha de papel.

— Passa-se alguma coisa? — perguntou. — Quer uma sandes de compota? Guardo sempre uma debaixo do meu chapéu, para prevenir uma emergência.

O polícia abanou a cabeça.

— Não, obrigado — gaguejou, enquanto removia as algemas. — É a minha primeira semana de serviço. Disseram-me que eu era capaz de ter alguns clientes difíceis, mas não pensei que começasse tão cedo...

— Posso voltar mais tarde, se preferir — disse Paddington, esperançoso.

— Preferia que não... — começou o polícia. Deteve-se quando a porta se abriu e um homem mais velho entrou na sala. Tinha umas faixas na manga e parecia ser alguém importante.

Problemas de Estacionamento

— Ah — disse o homem, consultando um papel que segurava na mão. — Chapéu de feltro, canadiana azul... Corresponde à descrição que me deram ao telefone... Você deve ser o jovem que teve problemas com o seu carrinho de compras.

Voltou-se para o primeiro polícia.

— Fez bem em mantê-lo a falar, Finsbury. Cinco estrelas.

— Não fiz mais do que o meu dever, sargento — disse o polícia, que parecia ter conseguido recuperar alguma da sua cor original.

O Regresso de Paddington

— Parece ter havido uma confusão qualquer com os rapazes da secção dos reboques — continuou o sargento, voltando-se novamente para Paddington. — Puseram o seu carrinho no veículo deles, para o resguardar enquanto rebocavam um carro, e esqueceram-se de o voltar a pôr no sítio. Levaram-no com eles para o depósito.

«Puseram pãezinhos novos lá dentro. Os que lá estavam perderam-se no percurso, não se sabe como. Neste momento, o carrinho está a caminho do sítio onde o deixou. E não tem nada a pagar. O que me diz?

— Muito obrigado, senhor sargento — disse Paddington, agradecido. — Quer dizer que, nesse caso, não tenho de falar com Sir Bernard Crumble. Se não se importa, vou vir sempre aqui primeiro caso o meu carrinho alguma vez volte a ser rebocado.

— É para isso que cá estamos — retorquiu o sargento. — No entanto, tenho de lhe dizer que o carrinho deve estar um pouco mais pesado agora do que quando saiu com ele esta manhã.

— E tinha razão — confirmou o amigo de Paddington, Mr. Gruber, quando os dois se sentaram

Problemas de Estacionamento

para o chá das onze e Paddington lhe contou toda a história, incluindo o momento em que voltou ao mercado e, para sua surpresa, encontrou o carrinho cheio até cima com fruta e legumes.

«Tem sido um cliente muito bom, ao longo de todos estes anos, e nenhum dos comerciantes quer que vá a outro lado. É uma maneira de lhe agradecerem, Mr. Brown.

«De qualquer forma — continuou —, deve ter sido uma experiência terrível, enquanto durou. Se eu fosse a si, atacava o chá das onze, antes que fique frio. Deve estar a precisar.

O Regresso de Paddington

Paddington pensou que era uma belíssima ideia.

— Talvez — disse ele, olhando para o relógio antigo na parede da loja — desta vez lhe devêssemos antes chamar chá do meio-dia.

Capítulo Dois

Paddington Leva a Melhor

Como a maioria dos agregados familiares espalhados pelo país, o número trinta e dois de Windsor Gardens tinha a sua rotina.

No caso da família Brown, Mr. Brown ia normalmente para o escritório pouco depois do pequeno-almoço, deixando Mrs. Brown e Mrs. Bird entregues às suas tarefas diárias. Na maioria dos dias, à excepção da época de férias da escola, em que Jonathan e Judy ficavam em casa, Paddington passava a manhã a visitar o seu amigo, Mr. Gruber, para tomar um cacau e comer pãezinhos.

Havia problemas ocasionais, é claro, mas, na maior parte do tempo, a casa era como um transatlântico. Cruzando feliz, a todo o vapor, independentemente do tempo que fizesse.

Portanto, quando Mrs. Bird regressou a casa um dia, esperando encontrar a casa vazia, e viu uma cara estranha a olhar para ela através da janela, demorou um momento até recuperar do choque, e nessa altura quem quer que fosse já se tinha ido embora.

O que tornou tudo pior foi o facto de ela já ir a meio das escadas, a caminho do seu quarto, quando se deu o sucedido, o que significa que a cara pertencia a alguém *exterior* à casa.

Quando entrara, ela não tinha visto qualquer escada de mão no exterior, mas, ainda assim, voltou a descer muito depressa, agarrou na primeira arma que viu e precipitou-se para o jardim.

Tirando um gato que passava, que deu um alto miado e fugiu com o rabo entre as pernas quando viu o guarda-chuva de Mrs. Bird, tudo parecia normal, pelo que se tratava, sem dúvida, de um mistério.

Quando mais tarde, nesse mesmo dia, souberam destas notícias, Mr. e Mrs. Brown não puderam deixar de se perguntar se Mrs. Bird não se teria enganado, mas não lho disseram directamente, não fosse ela ficar melindrada.

— Talvez fosse um lavador de janelas que se tivesse enganado na casa — sugeriu Mr. Brown.

— Nesse caso fez uma fuga muito rápida — disse Mrs. Bird. — Não gostava nada de o ter a lavar as nossas janelas.

— Suponho que talvez pudesse ter sido um reflexo de luz — alvitrou Mrs. Brown.

Mrs. Bird deu um dos seus grunhidos.

— Eu sei perfeitamente o que vi — retorquiu, mal-humorada. — E o que quer que fosse, ou *quem* quer que fosse, não era coisa boa.

Os Brown já sabiam que começar a discutir não adiantava, e Paddington, a quem tinham oferecido um fato de detective pelo seu aniversário, passou algum tempo a fazer testes no parapeito, a ver se descobria provas. Para sua grande desilusão, não conseguiu descobrir quaisquer marcas, para além das suas próprias. De qualquer maneira, tirou medidas e, com muito cuidado, apontou tudo no seu caderno de notas.

Num esforço para restabelecer a calma, Mr. Brown ligou para a Polícia, mas de lá também não conseguiram dar uma grande ajuda.

— Parece-me ser trabalho do «Cavalheiro Dan, o Homem dos Algerozes» — disse o polícia que passou lá por casa. — Dizem que ele costuma estar nas Baamas nesta altura do ano, mas pode ter voltado mais cedo do que o habitual, basta que o tempo estivesse mau.

— Ele não ganhou esse nome sem mais nem menos. Ele demora o tempo que for preciso até se certificar de que uma propriedade está vazia e depois trepa pelo cano mais próximo. Consegue entrar e sair de uma casa como um relâmpago. Nunca deixa qualquer vestígio daquilo que nós, na Polícia, chamamos «impressões» porque, como é um cavalheiro, usa sempre luvas.

Os Brown sentiram que tinham feito todos os possíveis para dissipar os medos de Mrs. Bird, mas o polícia deixou-os com um último conselho.

— Vamos manter esta área debaixo de olho nos próximos dias — disse ele —, para o caso de ele voltar a atacar. No entanto, se fosse a vocês, jogava pelo seguro e investia numa lata de tinta antiladrões *Milagre* anti-secagem e dava uma pintadela na parte inferior dos canos o mais depressa possível.

«Está à venda nas melhores lojas de ferragens. Oiçam o que vos digo! Não voltarão a ser incomodados e, se por algum motivo forem, o assaltante vai ficar de tal modo coberto com tinta preta que não irá muito longe antes de o apanharmos.

«Para além disso — acrescentou, dirigindo-se a Mr. Brown, antes de arrancar no seu carro-patrulha —, pode ser que consigam uma redução na vossa apólice de seguro.

— Até parece que ele tem acções na companhia — comentou Mr. Brown, céptico, enquanto voltava para dentro de casa, atrás da mulher. — Ou isso ou faz uns biscates como vendedor da marca.
— Henry! — exclamou Mrs. Brown.
Verdade seja dita, o dia seguinte era sexta-feira e, depois de uma semana atarefada no escritório, Mr. Brown estava ansioso por um fim-de-semana descansado. A ideia de o passar em cima de uma escada a pintar canos não estava na sua lista de prioridades.

Em circunstâncias normais não teria aceitado tão prontamente a oferta de Paddington para ajudar.

— Tens a certeza de que isso é sensato? — perguntou Mrs. Brown, quando ele lho comunicou. — É muito bonito isso do Paddington dizer que os ursos são muito bons em pintura, mas ele diz isso sobre muita coisa. Lembra-te do que aconteceu quando ele decorou o quarto de hóspedes.

— Isso foi há anos — disse Mr. Brown. — De qualquer modo, o facto de ele ter colado papel de parede por cima da porta e depois não ter conseguido sair de lá não tem nada que ver com pintura. Para além de que não é uma coisa para a qual teremos de

Paddington Leva a Melhor

estar a olhar constantemente. Nem o Paddington consegue provocar um desastre a pintar um cano.

— Eu, se fosse a ti, não estaria tão certo disso — avisou Mrs. Brown. — Para além de que não é apenas um cano. Há pelo menos meia dúzia à volta da casa. E não te esqueças, é tinta que não seca. Se aquele urso faz algum erro, as marcas vão ficar para todo o sempre.

— Há-de acabar por secar — disse Mr. Brown, optimista.

— Podíamos pedir a Mr. Briggs — sugeriu Mrs. Brown, referindo-se ao decorador local. — Ele está sempre pronto a ajudar.

Mas Mr. Brown estava decidido e, quando chegou do escritório nessa tarde, trazia com ele uma lata grande de tinta e um conjunto de pincéis.

Paddington ficou muito excitado quando os viu e mal podia esperar para começar.

Nessa noite levou a lata de tinta para a cama e, com a ajuda de uma lanterna e a lupa do seu trajo de detective, leu as letras pequenas do rótulo lateral.

Segundo as instruções, uma grande quantidade de ladrões subia pelos canos dos algerozes para assaltar as

O Regresso de Paddington

casas das pessoas. De facto, quanto mais lia, mais Paddington se questionava porque nunca tinha visto um ladrão, já que parecia que as ruas estavam cheias deles. Havia uma imagem de um na parte de trás da lata. Parecia muito satisfeito consigo próprio, ao descer por um cano, com um saco por cima do ombro, cheio de coisas que tinha roubado. Havia até um balão de banda desenhada agarrado à sua cabeça que dizia: «Não desejava ter feito alguma coisa aos *seus* canos?»

Paddington abriu a janela do seu quarto e olhou lá para fora, mas felizmente não havia canos perto da sua janela, caso contrário teria testado a tinta ali mesmo, só para jogar pelo seguro.

Paddington Leva a Melhor

Antes de ir dormir, fez uma lista das outras coisas necessárias para a manhã seguinte. Algo com que abrir a lata, um esfregão de palha-de-aço para limpar os canos antes de começar os trabalhos, uma escada extensível — as instruções indicavam que era apenas necessário pintar de baixo até meio dos canos, não havia necessidade de ir até ao cimo — e aguarrás para limpar os pincéis quando acabasse.

Na manhã seguinte, logo depois do pequeno-almoço, ele seguiu Mrs. Bird até à cozinha e convenceu-a a dar-lhe umas luvas de plástico e um avental velho.

Sabendo que iria ficar com a função de ter de tirar as nódoas do seu casaco caso as coisas corressem mal, a empregada dos Brown teve todo o prazer em satisfazer-lhe o pedido.

— Tem cuidado e não deixes cair nenhum bocado disso nos teus bigodes — avisou ela, enquanto ele desaparecia pela porta das traseiras, armado com a sua lista. — Não vais querer arruinar o teu chá das onze.

Como a sua ideia de que seria melhor tomá-lo *antes* de começar a trabalhar caiu em saco roto, Paddington começou a reunir as coisas de que necessitava da garagem. Enquanto lá estava, encontrou uma máscara especial para evitar inalar os vapores das tintas.

Era óbvio que não fora concebida para ursos, porque, apesar de lhe tapar a ponta do nariz, não ficava minimamente perto dos olhos. No entanto, após ter passado o elástico pelas orelhas para a manter no sítio, ficou algum tempo a ver o seu reflexo no espelho retrovisor do carro de Mr. Brown e, tanto quanto conseguiu perceber, todos os seus bigodes estavam em segurança dentro da máscara.

Uma vez no jardim, pôs-se a trabalhar com um esfregão de palha-de-aço num cano de um algeroz nas traseiras da casa.

— Parece uma criatura do espaço — comentou Mrs. Bird, olhando pela janela da cozinha.

— Pelo menos mantém-no ocupado — disse Mrs. Brown. — Não deixo nunca de ficar preocupada quando ele anda para aí sem nada para fazer.

— O demónio arranja trabalho para patas desocupadas — concordou Mrs. Bird quase imediatamente, desejando não o ter dito, não fosse estar a provocar o destino.

Mas, para surpresa de todos, Paddington fez um trabalho tão bom nos primeiros canos que nem os olhos de águia de Mrs. Bird conseguiram encontrar defeito algum quando os inspeccionou. Não havia uma única pinta de tinta nos tijolos circundantes.

E, mesmo que isso significasse que ela nunca mais poderia voltar a usar as suas luvas e o seu avental, não tinha coragem para se queixar. Era um pequeno preço a pagar para que o número trinta e dois de Windsor Gardens ficasse em segurança e, como complemento, Paddington encontrava-se ocupado e entretido.

— O que é que eu te disse, Mary? — perguntou Mr. Brown, olhando por cima do seu jornal matutino, quando ela lhe deu as novidades.

— Eu só espero que ele não tente trepar aos canos para ver se funciona — disse Mrs. Brown. — Tu sabes como ele gosta de testar as coisas.

— É um bocado como dar um prato quente a alguém e dizer-lhe para não lhe tocar — concordou Mrs. Bird.

Ao que parece, pensamentos semelhantes teriam passado pela cabeça de Paddington durante a manhã. A certa altura, quando parou para descansar, até se divertiu a pensar em esconder-se à esquina, na esperança de que o Cavalheiro Dan aparecesse, mas, como faltava apenas mais um cano, decidiu que o melhor seria acabar o mais depressa possível.

Era precisamente aquele, junto da janela da empena lateral da casa, que estivera na origem de todos os problemas, e ele deixara-o para o fim porque queria fazer um trabalho especialmente bem feito para satisfazer Mrs. Bird.

Depois de ter limpo a secção inferior do cano com palha-de-aço, subiu o escadote e começou a tratar da pintura propriamente dita.

Ainda não tinha começado há muito tempo quando ouviu uma voz familiar.

— O que é que estás a fazer, urso? — gritou Mr. Curry.

Paddington quase caiu dos degraus com o susto. A última pessoa que ele queria ver era o vizinho dos Brown.

— Estou a pintar os canos do Mr. Brown — respondeu ele, recuperando o equilíbrio.

— Isso consigo eu ver — resmungou Mr. Curry, desconfiado. — A questão, urso, é porque é que o estás a fazer?

— É uma tinta especial, que nunca seca — disse Paddington. — Vale bem quanto custa.

— Tinta que nunca seca? — repetiu o vizinho dos Brown. — Não me parece que valha grande coisa.

— Foi recomendada ao Mr. Brown por um polícia — disse Paddington, com um ar importante. — Já acabei quase todos os canos e ainda nem usei metade da lata.

«A Mrs. Bird viu uma cara à janela no outro dia, quando chegou a casa das compras — explicou ele, ao ver o olhar céptico de Mr. Curry.

«O polícia pensou que poderia ser alguém chamado «Cavalheiro Dan, o Homem dos Algerozes», que terá subido por este mesmo cano. A Mrs. Bird disse que lhe pregou um grande susto. Ainda não recuperou.

— Não me espanta — disse Mr. Curry. — Esperemos que o apanhem.

— Eu não acho que ele vá voltar — respondeu Paddington. — Pelo menos se tiver visto a Mrs. Bird em pé de guerra, mas o Mr. Brown acha que é melhor jogar pelo seguro.

— Hummm — murmurou Mr. Curry. — Como é que disseste que se chama a tinta, urso?

— *Milagre* anti-secagem para uso exterior — informou Paddington, lendo na lata. Levantou-a no ar, para que Mr. Curry a pudesse ver. — Pode comprá-la em qualquer loja de «faça-você-mesmo».

— Eu não quero fazer-eu-mesmo, urso! — grunhiu Mr. Curry. — Tenho coisas mais importantes para fazer. Além do mais, estou de saída. — Fez uma pausa. — Por outro lado, estou mais do que interessado em ter os meus canos tratados. Tenho coisas muito valiosas na minha casa. Relíquias de família, sabes como é.

— A sério? — disse Paddington, interessado. — Acho que nunca vi uma relíquia.

— E não vais começar pelas minhas — atalhou muito bruscamente o vizinho dos Brown. — Não as tenho em exposição para todos os Zés, Marias e ursos verem. Tenho-as trancadas, longe dos olhares cobiçosos.

Paddington não conseguiu deixar de pensar se, sendo assim, não seria completamente inútil o vizinho dos Brown pintar os seus canos, mas Mr. Curry era conhecido por não conseguir resistir a uma pechincha, mesmo que fosse algo de que não precisasse.

Uma expressão matreira atravessou-lhe o rosto.

— Tu disseste que tinhas mais de meia lata de tinta ainda cheia? — perguntou ele.

— Quase — respondeu Paddington. Já estava a começar a desejar nunca ter falado naquilo.

Mr. Curry apalpou o bolso das calças.

— Talvez tu queiras aproveitar e fazer o mesmo aos meus canos, já que estás com a mão na massa — alvitrou. — Temo não ter comigo muito dinheiro trocado, mas consigo arranjar aqui uns dez centavos, se fizeres um bom trabalho.

Paddington contou rapidamente pelas patas.

— Dez centavos! — protestou ele. — Isso é menos que dois centavos por cano!

— É um facto conhecido no mundo dos negócios — disse Mr. Curry — que, quanto maior a quantidade, menos se paga por cada artigo individualmente. É aquilo a que se chama fazer um desconto.

— Nesse caso — disse Paddington, esperançoso —, talvez eu possa pintar um dos seus canos por cinco centavos?

— Dez centavos por tudo — disse Mr. Curry, com firmeza. — É a minha oferta final. Não há justificação nenhuma para só pintar um cano.

— Primeiro é melhor eu perguntar ao Mr. Brown se ele se importa — disse Paddington, à procura de uma desculpa. — Afinal de contas, a tinta é dele.

— Não faças uma coisa dessas, urso — disse Mr. Curry, mudando rapidamente de tom. — Vamos manter isto entre nós. — Levando novamente a mão ao bolso, baixou a voz. — Como te disse, agora tenho de sair e provavelmente só volto ao fim da tarde, o que te dá muito tempo para teres tudo acabado. Mas, se fizeres um trabalho realmente bom, talvez eu te dê alguma coisa extra. Aqui está algo para começares.

Antes de Paddington ter possibilidade de responder, uma coisa aterrou com um «plop» na gravilha aos pés da escada.

Descendo, apanhou o objecto e olhou para ele durante algum tempo, antes de olhar para a casa de Mr. Curry. Contrariamente aos canos dos Brown, aqueles pareciam não ver pintura há anos. O seu coração desfaleceu quando virou a moeda na pata. Para começar, nem parecia inglesa. Vendo bem, quanto mais pensava nisso, menos tentadora a oferta de Mr. Curry parecia, especialmente quando implicava fazer uma coisa sobre a qual ele não tinha sequer chegado a um acordo.

Enquanto Paddington reflectia sobre o assunto, ouviu bater a porta da frente da casa de Mr. Curry. Isto foi seguido quase imediatamente por uma pancada estrondosa do portão da frente, o que, por sua vez, fez disparar uma das suas ideias brilhantes.

O Regresso de Paddington

Pouco tempo depois, Paddington estava outra vez a trabalhar arduamente e, agora, sabendo quão aborrecidos os Brown ficariam caso vissem o que ele estava a fazer, tinha a intenção de acabar o mais depressa possível.

Na tarde desse mesmo dia, estavam os Brown a meio do chá da tarde, a paz foi perturbada pelo som de uma violenta agitação na rua, mesmo à porta de casa.

A certa altura, Mrs. Bird pensou ter ouvido alguém gritar «Urso» e, pouco tempo depois, ouviu-se uma sirene da Polícia; mas, quando chegou à janela da frente, tudo estava tranquilo.

Mal tinham acalmado quando tocaram à campainha.

— Eu vou lá desta vez, Mrs. Bird! — disse Paddington, muito ansioso. E, antes que os outros o pudessem travar, já ele estava a caminho.

Quando voltou, vinha acompanhado pelo polícia que os tinha visitado no início da semana.

— Alguém faz o favor de me dizer o que é que se passa? — interrogou Mr. Brown.

— Permita-me — disse o polícia, antes que Paddington tivesse a oportunidade de abrir a boca.

Abriu o caderno de notas. — Em primeiro lugar, há momentos recebemos uma chamada de um dos seus vizinhos, avisando que havia alguma agitação à porta do número trinta e três. Chegámos ao local o mais rapidamente possível. O portão estava completamente aberto e um homem coberto de tinta preta estava suspenso do algeroz, a gritar. Partindo do princípio de que era o Cavalheiro Dan, o Homem dos Algerozes, prendemo-lo imediatamente.

«No caminho para a esquadra conseguimos acalmá-lo... — o polícia ergueu os olhos do caderno de notas —, o que não foi tarefa fácil, posso garantir-vos. Ele informou-nos de que é o vosso vizinho do lado, portanto retirámos-lhe as algemas e trouxemo-lo de volta. Espero que me possam confirmar que têm um vizinho do lado chamado Mr. Curry.

— Temo que sim — confirmou Mrs. Brown.

— Como é que ele é? — perguntou Mr. Brown.

— Bem, para começar não é um amante de ursos — disse o polícia. — Não parava de gritar sobre os disparates de alguém chamado Paddington...

— Não diga mais — interrompeu Mrs. Bird. — É ele.

— Bem — continuou o polícia —, quando chegámos de novo à sua casa, quem é que vemos a sair do portão? O Cavalheiro Dan, o Homem dos Algerozes. Deve ter-nos visto a ir embora e aproveitou a oportunidade. E teve o descaramento de dizer que se tinha enganado na porta.

— Roubou muita coisa? — perguntou Mr. Brown.

— Não tinha nada com ele — disse o polícia —, o que é uma pena porque, segundo me disse Mr. Curry, ele tem em casa uma quantidade de objectos muito valiosos e nós tê-lo-íamos prendido logo ali. Por outro lado, não acho que ele vá voltar a incomodar-nos durante muito tempo. Graças aos esforços deste jovem urso, não só temos uma fotografia dele como também as suas impressões digitais, para o que der e vier. — Voltou-se para Paddington. — Gostava de lhe apertar a pata pelo seu trabalho de cinco estrelas — acrescentou.

Paddington olhou para a mão do polícia com um ar desconfiado. Tinha um grande pedaço de uma substância preta presa à palma.

— Talvez seja melhor primeiro pedir um pouco de aguarrás ao Mr. Brown — disse ele. — Não vai querer que isso se cole ao seu volante, com certeza.

Paddington Leva a Melhor

— Tem toda a razão — disse o polícia, olhando para a palma da mão —, atendendo a que fui eu quem recomendou isto, não posso verdadeiramente queixar-me, mas...

— Ainda não estou a compreender bem — disse Mr. Brown, depois de o polícia sair. — Que ideia foi essa de pintar o portão da frente de Mr. Curry?

Paddington suspirou profundamente.

— Eu pensei que, se impedisse os ladrões de entrar no jardim, eles não conseguiriam entrar na casa e assim poupava na *sua* tinta para lhe pintar os canos todos. Só que me esqueci de que o Mr. Curry tinha de voltar a entrar!

Os Brown ficaram em silêncio, enquanto digeriam estas últimas informações.

— Parecia uma boa ideia na altura — disse Paddington, desanimado.

— De facto não podemos culpar o Paddington, Henry — interveio Mrs. Brown. — Tu aceitaste a oferta dele.

— Quanto é que Mr. Curry te ia pagar por pintares os canos dele? — perguntou Mr. Brown.

— Dez centavos — respondeu Paddington.

— Nesse caso — concluiu Mrs. Bird, no meio da aprovação geral. — Não tenho qualquer pena. Esse homem merece tudo o que lhe acontece. E ele sabe-o.

«Se ele te disser alguma coisa sobre isto — acrescentou ela, ameaçadora, virando-se para Paddington —, diz-lhe para vir falar comigo primeiro.

— Muito obrigado, Mrs. Bird — disse Paddington, agradecido. — Se quiser vou lá agora e digo-lhe já.

Os Brown trocaram olhares.

— É muito simpático da tua parte, Paddington — disse Mrs. Brown. — Mas tiveste um dia muito atarefado e creio que é um daqueles casos em que «quanto menos se fala, mais depressa se resolve». Porque é que não vais estender as patas por um bocadinho?

Tendo reflectido sobre o assunto, Paddington achou que era de facto uma excelente ideia. E, curiosamente, Mr. Curry nunca mencionou o dia em que *não* ficou com os canos pintados; por outro lado, durante as semanas seguintes, sempre que Paddington acenava para o vizinho dos Brown por cima da cerca do jardim, em troca recebia uns olhares muito sombrios.

Ainda eram mais sombrios do que a cor do seu portão, que, a partir desse dia, ficou para sempre aberto.

Em compensação, Mrs. Bird nunca mais voltou a ver uma cara a espiá-la através da janela.

Capítulo Três

PADDINGTON DÁ MÚSICA

PADDINGTON ESTAVA SEMPRE ansioso pelas suas conversas da manhã com Mr. Gruber. Uma das coisas que tornavam especiais as visitas à loja de antiguidades do seu amigo em Portobello Road era nunca haver dois dias seguidos iguais. Vinham pessoas de todo o lado para pedir conselhos a Mr. Gruber. Se não era uma pessoa à procura de um quadro antigo ou de uma estatueta de bronze, era outra a pesquisar algo na sua vasta colecção de livros, que cobria praticamente todos os assuntos possíveis.

Paddington Dá Música

Com o passar do tempo, o próprio Paddington ficou bastante conhecedor de antiguidades, tanto que conseguia distinguir imediatamente uma peça genuína de um serviço *Spode* de uma vulgar aldrabice, apesar de nunca se ter atrevido a tocar em nenhuma, não fosse deixá-la cair por descuido.

— É melhor jogar pelo seguro — era o lema de Mr. Gruber.

Para além disso, como tinham ambos começado uma segunda vida num país estrangeiro, nunca lhes faltava assunto para falar.

Durante os meses do Verão, tomavam frequentemente o chá das onze, sentados em cadeiras, no passeio, à frente da loja, discutindo os problemas do dia em paz e silêncio, antes de as multidões chegarem.

Paddington não podia deixar de reparar que o seu amigo ficava com um olhar estranhamente distante quando falava da sua terra natal, a Hungria.

— Quando eu era rapaz — dizia Mr. Gruber —, as pessoas dançavam pela noite dentro ao som das balalaicas. Parece que isso já não acontece hoje em dia.

Tendo nascido no interior do Peru, Paddington não fazia ideia do que fosse uma balalaica, muito menos qual era o seu som, mas, com a ajuda de Mr. Gruber, aprendeu a tocar uma melodia chamada *Martelinhos*, num antigo piano, na parte de trás da loja.

Não era fácil porque, tendo patas, isso significava que por vezes tocava várias notas ao mesmo tempo, mas Mr. Gruber disse que alguém com um bocadinho de ouvido a reconheceria imediatamente.

— A música é uma coisa extraordinária, Mr. Brown — disse ele. — Os *Martelinhos* podem não ser o máximo daquilo que é conhecido como «música popular», mas, se o conseguir tocar num piano, vai ser sempre requisitado nas festas.

Nos dias nublados, quando havia uma friagem no ar, tornou-se hábito refugiarem-se num velho sofá de pele de cavalo, na parte de trás da loja, e foi precisamente numa dessas manhãs, pouco tempo depois da sua aventura com o carrinho de compras, que Paddington chegou bastante mais tarde do que era costume e descobriu para sua surpresa que Mr. Gruber acabara de comprar um piano novo.

Estava quase no mesmo sítio onde estivera o outro; perto do fogão onde o seu amigo fazia o cacau.

Paddington Dá Música

Não havia sinal de Mr. Gruber, o que era muito pouco normal; portanto, para passar o tempo, Paddington decidiu tentar tocar o que já ficara conhecido como «a sua música», quando algo muito estranho aconteceu.

Quando levantou as patas para começar a tocar as notas de abertura, as teclas começaram a descer e a subir sozinhas!

Mal acabara de esfregar os olhos para se certificar de que não estava a sonhar, teve uma outra surpresa. Pelo canto do olho, viu Mr. Gruber sair de gatas de debaixo de uma mesa perto de si.

— Oh, meu Deus — disse Paddington —, espero não ter estragado o seu piano novo.

Mr. Gruber riu-se.

— Não tenha medo, Mr. Brown — disse ele. — É aquilo a que se chama um «piano mecânico» e funciona a electricidade. Já não se vêem muitos nos nossos dias. Acabei de o ligar para me certificar de que está a funcionar como deve ser.

— Acho que nunca tinha visto um piano que tocasse uma música por si só — disse Paddington. — Não tínhamos nada assim lá na minha aldeia, no Peru. Por outro lado, também não tínhamos electricidade — acrescentou, triste.

Enquanto Mr. Gruber estava a fazer o cacau, Paddington inspeccionou o teclado mais de perto. Era realmente extraordinária a maneira como as teclas iam para cima e para baixo, à medida que a música avançava, e ele tentou seguir-lhes o movimento com as patas, sem na realidade lhes tocar. No início achou que era difícil acompanhar, mas, após várias tentativas, começou efectivamente a parecer que era ele quem estava a tocar a música.

— Olhe, Mr. Gruber — chamou ele. — Até o consigo fazer com as patas cruzadas!

— Se fosse a si tinha cuidado — avisou o amigo, desviando a atenção da caçarola. — É o *Trish Trash Polka*. Vai precisar de estar muito bem sentado.

Mas era tarde demais. No preciso momento em que Mr. Gruber falou, a música atingiu um crescendo e Paddington deu por si estatelado no meio do chão, com as pernas para o ar.

O Regresso de Paddington

Mr. Gruber correu a desligar a máquina.

— Creio que é como se estivesse a tentar correr antes de saber andar, Mr. Brown — disse ele, ajudando Paddington a levantar-se. — Parece-me que deveria começar por algo um pouco mais lento. Vou ver o que consigo encontrar.

Abrindo a tampa de uma longa caixa de cartão, tirou um rolo de papel enrolado num carreto e, desenrolando-o ligeiramente, levantou-o para Paddington ver.

Apesar de não o ter dito, Paddington sentiu-se desapontado. Parecia que tinha sido devorado pelas traças.

— Parece que está cheio de buracos — comentou.

— Bem visto — disse Mr. Gruber. — Acertou em cheio, como de costume, Mr. Brown. Esse é o segredo do piano mecânico. Funciona soprando ar por estes buracos, enquanto eles vão passando. Quando o rolo corre à velocidade certa, sempre que um buraco passa pelo bocal, a deslocação do ar faz mexer uma alavanca, e isso por sua vez opera a nota correcta no teclado.

Enquanto falava, Mr. Gruber abriu uma pequena porta na parte da frente do piano, retirou o rolo de papel que já lá estava e substituiu-o pelo novo.

— Parece muito complicado — disse Paddington, sacudindo a poeira com que tinha ficado por causa da queda.

— Não é muito mais complicado do que nós pegarmos numa caneca de cacau e bebermos — afirmou Mr. Gruber. — Quando se pensa nisso, parece milagre. Sugiro que primeiro bebamos o nosso cacau e depois pode experimentar a outra música que acabei de pôr. É a *Sonata ao Luar*, de Beethoven. Garanto-lhe que a achará bastante mais fácil.

Parecia uma ideia muito boa e Paddington rapidamente desempacotou o fornecimento matinal de pãezinhos.

Depois de terem comido o último e de terem esvaziado as suas canecas de cacau até à última gota, Paddington trepou novamente para o banco. Desta vez, porque a música era muito mais lenta, conseguiu seguir ainda melhor o movimento das teclas e vários transeuntes pararam em frente da loja para o ver.

— Será que Beethoven fez um rolo com os *Martelinhos*? — perguntou ele. — Desconfio que ele devia ser muito bom a tocar isso.

— Duvido — respondeu Mr. Gruber. — Ele era um compositor muito famoso e não teria tido tempo. Além do mais, a máquina só foi inventada muito tempo depois de ele morrer. Se fechar os olhos — continuou — e se se movimentar levemente ao ritmo da música, tenho a certeza de que muitas pessoas irão pensar que está na realidade a tocar.

Seguindo as instruções do seu amigo, Paddington experimentou outra vez e, quando chegou ao fim da peça, o passeio em frente da loja estava cheio de curiosos.

— Bravo! — exclamou Mr. Gruber, juntando-se aos aplausos, enquanto Paddington se levantava, fazia uma vénia e agradecia ao público. — O que é que eu lhe disse, Mr. Brown? Acho que até o próprio Beethoven se deixaria enganar.

Paddington Dá Música

Pouco tempo depois, tendo agradecido a Mr. Gruber pelo cacau, Paddington despediu-se e saiu da loja, tirando o chapéu para saudar a multidão no exterior, enquanto se afastava. Foi fotografado por uma grande quantidade de pessoas, muitas outras queriam um autógrafo e outras atiraram-lhe com moedas para dentro do chapéu, antes que tivesse a oportunidade de o voltar a pôr na cabeça.

Com todas aquelas coisas, o entusiasmo de Paddington era tão grande que mal podia esperar para contar tudo aos Brown, portanto, assim que conseguiu escapar à multidão de admiradores, começou a andar o mais depressa possível na direcção de Windsor Gardens.

Ainda não tinha avançado muito quando se apercebeu de que estava a ser seguido. De uma certa forma, não era muito diferente do funcionamento do piano mecânico. Sempre que ele punha um pé no pavimento, ouvia o eco de outro passo atrás dele.

Ao olhar por cima do ombro, quando parou nuns semáforos, viu uma figura vestida com um longo casaco preto e um chapéu de pêlo, a acenar-lhe.

— Pare! Pare! — gritou o homem.

— Isto é tudo extraordinário — continuou o recém-chegado, tirando uma luva, enquanto se aproximava. — Nunca vi um urso a tocar piano. Permita-me que lhe aperte a mã... pata.

Paddington limpou apressadamente a pata à canadiana, antes de a estender.

— É muito simples — começou ele. — Sabe, é que...

— Ah, que modéstia. — O homem olhou de relance para o carrinho de compras de Paddington. — Vejo que leva as suas partituras consigo para todo o lado. Que bem pensado.

— Não é música — esclareceu Paddington. — São os legumes da Mrs. Bird.

Metendo a mão dentro do cesto, tirou uma cenoura e mostrou-a.

— Ah! — disse o homem, disfarçando o desapontamento. — É bom ver que não perdeu os hábitos simples.

Apontou para um cartaz numa parede ali perto, um dos muitos que Paddington já tinha visto recentemente espalhados pela área.

— Não suponho que esteja minimamente interessado em fazer um recital para mim? Estou a fazer

Paddington Dá Música

um concerto de caridade e um urso tocador de piano era mesmo uma coisa que me fazia falta, para compor o ramalhete. A cereja no topo do bolo, se é que me faço entender.

— O Jonathan e a Judy vão estar em casa de férias e Mr. Brown vai levar-nos a ver como prenda — disse Paddington, desconfiado. — Portanto eu vou lá estar, de qualquer das maneiras.

— Esplêndido! — exclamou o homem. — Aliás, não podia ser melhor.

— Eu tenho de perguntar ao Mr. Gruber primeiro — disse Paddington. — O piano é dele e ele diz que já não há muitos daqueles no mundo.
— Deixe tudo comigo — disse o homem. — Não diga nem mais uma palavra. Irá ter o melhor piano que exista. Um que sirva os seus talentos tão únicos. Os seus *obbligatos* têm de ser ouvidos para se acreditar. E quanto aos seus *glissandos*... não tenho palavras.

Paddington não fazia a mínima ideia do que é que o homem estava a falar, mas não podia deixar de se sentir satisfeito.

— É que não é fácil com patas — admitiu ele. — Caí do banco abaixo quando estava a tocar a *Trish Trash Polka*.

— Acontece aos melhores músicos — disse o homem, sem atribuir importância ao facto. — Talvez seja melhor fazer um seguro para as suas patas. Por outro lado, pode ter tentado correr antes de saber andar.

Paddington olhou para ele.

— Aconteceu hoje mesmo, de manhã — disse ele, entusiasmado. — E foi exactamente isso que o Mr. Gruber disse.

Depois reflectiu durante um momento.

Paddington Dá Música

— Vou precisar de alguns *rolls*[1] — anunciou.

— Meu caro senhor — disse o homem, erguendo as mãos ao céu. — Pode ter todos os *rolls* que desejar, na festa que terá lugar depois. Basta pedir.

— Nessa altura já é tarde — disse Paddington. — Preciso deles enquanto estou a tocar.

— A sério? — O homem olhava para ele, estupefacto. — Isto é fantástico — exclamou ele. — Uma novidade! Mal posso acreditar no que ouço. Poderá haver no planeta outros ursos que tocam piano, embora deva confessar que nunca me cruzei com nenhum, mas não haverá muitos que comam ao mesmo tempo que tocam.

— Se quiser — disse Paddington, entusiasmado —, posso comer uma sandes de compota enquanto toco. Normalmente trago uma dentro do chapéu, para casos de emergência.

---

[1] Procurou arranjar-se sempre um equivalente em português para os trocadilhos que surgem nas conversas com Paddington. No entanto, neste caso, vimo-nos forçados a manter a palavra em inglês por falta de um equivalente em português que mantivesse o duplo sentido. Assim, *rolls* significa tanto os *rolos* para o piano mecânico como *pãezinhos*. (NT)

O homem entrou em êxtase com a ideia.

— Já estou a imaginar — gritou ele, fechando os olhos, enquanto erguia as mãos ao céu. — Podia guardar isso para o fim. Vai deitar a casa abaixo.

Paddington olhou para ele, nervoso.

— Espero que não caia em cima de mim — disse.

— Ah, também diz piadas — comentou o homem. — Isto melhora a cada segundo.

Metendo a mão no bolso de dentro do casaco, tirou uns papéis.

— Pode dar-me a sua assinatura, amável senhor? Tenho um contrato aqui mesmo, no bolso.

Enquanto falava, entregou a Paddington uma caneta de ouro.

— Assine na linha tracejada.

Paddington fez os possíveis para o satisfazer e, porque o homem parecia importante, acrescentou a sua impressão de pata especial, para mostrar que era genuína.

— Desculpe-me a pergunta — disse o homem, olhando a impressão com interesse. — Por acaso você é russo?

— Era — disse Paddington —, mas agora já quase que não sou.

As suas palavras caíram em orelhas moucas, enquanto o homem tentava ler o que estava escrito no meio das nódoas.

— Foi aqui que nasceu... Paddington?

— Não — replicou Paddington. — É o meu nome. Sempre me chamei assim, sempre desde que o Mr. e a Mrs. Brown me encontraram na estação de caminhos-de-ferro.

— Nesse caso, teremos de o mudar, para evitar confusões — disse o homem. — Não queremos que o público vá ter ao sítio errado, pois não?

— Mudá-lo! — repetiu Paddington, exaltado.

— Que tal Padoffski? — disse o homem. — Vai ficar melhor quando o vir escrito nos cartazes, mas não vá dizer a ninguém.

— E à Mrs. Bird? — perguntou Paddington. — Ela não gosta de mudanças.

— Só depois do concerto — disse o homem, tocando com o dedo de lado no nariz. — Vamos esforçar-nos para que seja uma surpresa.

«Depois — disse ele —, temos de malhar enquanto o ferro estiver quente e olhar para o futuro. O que me diz a uma digressão mundial?

— Não me importava de visitar a Casa de Ursos Reformados, em Lima — disse Paddington. — Era uma boa surpresa para a Tia Lucy.

— Normalmente não faço lares de terceira idade — replicou o homem. — O mais frequente é o público estar a dormir antes do fim do programa.

— Tenho a certeza de que a Tia Lucy os espetaria com agulhas de tricô se adormecessem — disse Paddington, com sinceridade.

— Hummm, sim. — O homem fitou-o, desconfiado. — Temos de ver. Primeiro o mais importante. Temos de pensar como vai ser a sua entrada. É uma pena que não possa sair do chão, como os órgãos dos cinemas antigos.

— Acho que posso pedir a serra do Mr. Brown emprestada — lembrou Paddington, entusiasmado.

— Devo dizer que ideias não lhe faltam — disse o homem, surpreendido. — Vamos fazer uma equipa muito boa. Agora, que sou seu agente, já consigo imaginar tudo.

— É? — exclamou Paddington, com um ar de espanto.

— Lembra-se? — disse o homem, segurando no ar o papel. — Assinou na linha tracejada. Está tudo aqui, preto no branco. — Conhece o Purcell, *De Passagem*? — continuou ele, antes que Paddington tivesse oportunidade de responder.

— Ele está de passagem? — perguntou Paddington, olhando em volta. — Não o vi.

— Purcell é um compositor famoso — disse o homem. — E esse é o título de uma música que ele compôs. Pensei em incluí-la no seu programa.

— Vou perguntar ao Mr. Gruber — respondeu Paddington. — Ele deve saber.

— Eu preferia que não perguntasse — atalhou o homem. — Na verdade, preferia que não dissesse nada a ninguém. — Voltou a bater no nariz. — O segredo é a alma do negócio.

— E à Mrs. Bird? — perguntou Paddington novamente. — Não só não gosta de segredos como não tem nenhum negócio.

— Pelo que me parece, especialmente à Mrs. Bird — disse o homem. — Lembre-se de que as paredes têm ouvidos e, aconteça o que acontecer, temos de manter segredo até ao fim do concerto. Ouça com atenção e eu dou-lhe as instruções para a noite.

— Nunca paro de me surpreender — disse Mrs. Bird, uma manhã, dois dias mais tarde. — Paddington tomou banho sem ninguém lhe pedir. Também me perguntou se eu lhe podia tirar umas nódoas da canadiana. Tinha um bocado de compota pegado a um dos alamares.

— Oh, meu Deus — disse Mrs. Brown. — Isso *é* um bocadinho preocupante.

Ter um urso em casa era uma grande responsabilidade e, por vezes, era difícil imaginar o que se passava na cabeça de Paddington.

Paddington Dá Música

— Tem andado estranho nestes últimos dois dias — disse ela. — Desde que voltou do mercado. Esta manhã andava por aí, a olhar para as paredes, e quando lhe perguntei se havia algum problema, limitou-se a responder «O segredo é a alma do negócio». E começou a bater no nariz.

— Não creio que haja motivo para preocupações — tranquilizou-a Mrs. Bird. — Aquele urso anda sempre a inventar coisas.

— É isso — anuiu Mrs. Brown, vagamente.

— Só espero que ele goste do concerto desta noite — disse a governanta dos Brown.

— O Paddington gosta de tudo o que seja novidade — respondeu Mrs. Brown, tentando manter uma expressão animada. — Essa é uma das coisas boas nele. O Henry achou que ele ia adorar.

Mrs. Bird pensou que, como Mr. Brown saía para o trabalho todas as manhãs, não ficava para acarretar com as consequências, mas, sensatamente, guardou os seus pensamentos para si.

— Teremos de esperar para ver — concluiu.

No espectáculo dessa noite, contudo, durante a primeira parte nem Mrs. Bird conseguiu descobrir falhas no comportamento de Paddington. Até insistiu em ficar no fim da fila, quando ocuparam os seus lugares.

— Penso que queira apenas estar perto dos gelados — murmurou Jonathan.

Para alívio dos Brown, parecia que o espectáculo não envolvia qualquer espécie de participação do público. Bastava que houvesse um hipnotizador que pedisse voluntários para subir ao palco, ou um mágico que quisesse serrar uma pessoa da audiência ao meio, e Paddington era normalmente o primeiro a oferecer os seus serviços, quase sempre com resultados desastrosos.

Nem sequer os envergonhou comendo uma das suas sandes de compota durante o intervalo.

— Estou a guardá-la para mais tarde — anunciou, misteriosamente.

Os Brown suspiraram de alívio. Ainda tinham memórias bem vivas da primeira vez que o tinham levado a ver uma peça. Estavam num camarote ao lado da plateia e Paddington ficou tão entusiasmado que deixou cair uma das suas sandes em cima de um senhor sentado num lugar por baixo deles. Pelo menos agora parecia estarem livres de acontecer alguma coisa desse género.

Foi apenas quando o espectáculo estava quase a acabar que Mr. Brown olhou para o fim da fila e viu que Paddington tinha desaparecido.

— Para onde é que ele terá ido? — perguntou Mrs. Brown, ansiosa. — Nunca mais iremos ter descanso se ele perder o Grande Final. Parece que vai ser uma coisa verdadeiramente espectacular.

— Perder, não perde! — exclamou Jonathan, que tinha estado sentado ao lado dele. Apontou para o palco quando o pano começava a subir. — Olhem! Ele *está* no Final!

— Minha Nossa Senhora! — gritou Mrs. Bird, quando avistou um grande piano com uma figura familiar sentada ao teclado. — Que raio está aquele urso a fazer agora?

Alguns aplausos aqui e ali receberam o artista convidado, sem grande entusiasmo, até porque se passou algum tempo antes que alguma coisa acontecesse. Depois de ficar a olhar para uma zona por cima das teclas do piano, com uma expressão de expectativa, como quem esperava descobrir uma porta ou algo do género, Paddington desceu do banco e contornou o piano.

Levantando a tampa o melhor que pôde, espreitou para dentro. Mas, se esperava encontrar o que procurava, ficou nitidamente desiludido. Depois de vários sons aparatosos provocados pelos movimentos das suas patas, fechou a tampa e desapareceu debaixo do piano.

Cada vez mais irrequieto com o atraso, entre o público começaram a ouvir-se alguns «buuu!». E lá ao fundo da sala um ou dois membros da plateia, mais grosseiros, assobiaram.

Quando Paddington finalmente apareceu, vinha a esfregar a testa e foi com um ar assustado que chamou alguém dos bastidores.

— O que é que ele disse? — perguntou Mrs. Bird.

— Alguma coisa sobre não conseguir encontrar a ficha — disse Jonathan.

— *Martelinhos*, Mr. Brown! — disse alto uma voz, algures. — *Martelinhos*!

— Sim! Sim! — gritou outra pessoa, ou poderia ter sido a mesma, a disfarçar a voz.

A pouco e pouco outras vozes foram-se juntando até que, a certa altura, parecia que toda a gente batia com os pés no chão e gritava «*Martelinhos*» a plenos pulmões.

Paddington Dá Música

Quando Paddington acedeu, alguém — talvez tenha sido a mesma pessoa que gritou a primeira vez — levou o público a aplaudir ao ritmo da música, e perto do fim, quando ele tirou uma sandes do chapéu e deu uma grande dentada, os *bravos* fizeram abanar as paredes.

Os aplausos, enquanto Paddington estava a agradecer, eram ensurdecedores. De tal modo que ele começou a olhar ansiosamente para o tecto.

— Foi a melhor actuação que vi em anos — fez notar um vizinho dos Brown, ao saírem do teatro.

— Ainda havemos de ver o nome deste urso escrito em néon, um destes dias.

— Se quer o meu conselho — disse Mr. Gruber, piscando o olho, quando o encontrou, ao fundo da rua —, eu retirava-me agora, no pico da carreira, Mr. Brown. Caso contrário, pode descobrir que a partir daqui é só a descer.

Paddington ficou a olhar para o amigo. De facto, é estranho como as coisas se repetem.

— Foi exactamente o que me disse o meu agente! — exclamou ele. — Mas ele disse-me que destinava algum do dinheiro para a Casa de Ursos Reformados, em Lima. Tenho de mandar um postal à Tia Lucy a dizer para contar com isso.

Jonathan deu uma cotovelada à irmã.

— Não sabia que ele tinha um agente. Será que foi ele a gritar pelos *Martelinhos*?

— Não há dúvida de que salvou a situação — disse Judy. — Faz alguma ideia de quem seja, Mr. Gruber?

Mas, por alguma razão que só ele conhecia, o amigo de Paddington estava com pressa em despedir-se.

— Resumindo — disse Mrs. Bird, ao chegarem a Windsor Gardens e à familiar porta com o número trinta e dois —, esta é a prova de que há muito de verdade no velho ditado «Os amigos são para as ocasiões».

Capítulo Quatro

Paddington Fica por Cima

Uma manhã, estava a família Brown a preparar-se para tomar o pequeno-almoço, como de costume, quando Mr. Brown reparou que alguma coisa fora do normal se passava no jardim.

— O que *é* que está o Paddington a preparar? — inquiriu ele, enquanto uma figura familiar, envergando uma canadiana desbotada, passou pela janela da varanda. — Está com a minha melhor vassoura.

— Talvez esteja a varrer — disse Jonathan. — Parece que tem um manual de instruções.

— Nem mesmo o Paddington precisa de instruções para varrer o pátio — disse Mr. Brown.

— Além disso, é a minha vassoura para o relvado. É especial, feita de galhos.

— Olhem! — gritou Judy, quando um vulto escuro passou a correr por eles, de regresso ao ponto de onde viera. — Ali vai ele outra vez!

Do vislumbre rápido que tiveram, pareceu-lhes que Paddington estava a tentar segurar a parte dos galhos da vassoura de Mr. Brown entre as pernas, com uma pata, enquanto com a outra abanava um livro para cima e para baixo, mais ou menos como um pássaro caído do ninho a tentar aprender a voar.

Pouco depois, ouviu-se um enorme estrondo algures lá fora e a tampa de um caixote do lixo passou a rolar pela janela da varanda.

Jonathan levantou-se de um salto.

— Parece que ele fez uma aterragem forçada — gritou.

— Estás espantado? — perguntou Judy. — Ele levava os olhos fechados.

— Não é nada típico dele andar a correr pelo jardim antes do pequeno-almoço — interrompeu Mrs. Brown. — Espero sinceramente que esteja bem.

— Não podia estar melhor quando foi para a cama ontem à noite — disse Judy. — Encontrei-o na escada. Ele informou-me de que ia fazer a sua contabilidade.

— É capaz de ter descoberto que estava sem dinheiro — aventou Mr. Brown. — Talvez seja melhor eu falar com ele depois do pequeno-almoço.

Mrs. Bird resmungou ao entrar na sala com uma cafeteira com café.

— Não há nada de errado com a contabilidade do urso — disse ela. — Se querem saber a minha opinião, ele anda a planear alguma. Há bocado andava a perguntar-me se eu tinha abóboras.

— Chiu! — avisou Mrs. Brown. — Aí vem ele.

Foi mesmo a tempo. Mal tinham acabado de se sentar e compor um ar muito descomprometido, Paddington entrou na sala.

Depois de esfregar a testa várias vezes com o guardanapo, juntou-se aos Brown à mesa; enquanto tentava desatarraxar a tampa do frasco de compota, eles conseguiram ver melhor o livro.

A maior parte da capa estava coberta com a silhueta de uma mulher idosa, sentada em cima de uma vassoura. O chapéu pontiagudo que usava era apenas comparável ao seu nariz, igualmente pontiagudo, e ela pairava por cima de um conjunto de chaminés. Longe de se chamar «*Aprenda a Voar Sozinho*», o livro tinha na capa as palavras «*Tudo o Que sempre Precisou de Saber sobre Bruxas, Feiticeiros e Duendes*».

Mr. Brown suspirou.

— É claro! É 31 de Outubro!

— Halloween — exclamou Judy.

— Altura para doçuras ou travessuras — acrescentou Jonathan.

Paddington espalhou uma dose generosa de compota na torrada que acabara de barrar com manteiga.

— Mr. Gruber emprestou-mo — explicou ele. — Ainda não li nada sobre feiticeiros ou duendes, mas há um excelente capítulo sobre bruxas e como fazer máscaras. E há outro sobre como decorar um pátio com lanternas feitas de abóboras vazias. São as chamadas «*jack-o'lanterns*» e, com uma vela acesa lá dentro, afastam os maus espíritos.

«Há um outro capítulo sobre superstições — continuou ele. — Diz que, se pegarmos num banco de três pernas e nos sentarmos numa encruzilhada quando o relógio da igreja der a meia-noite, nos dirá o nome daqueles que irão morrer durante os próximos doze meses.

— Muito animador, devo dizer — disse Mrs. Bird. — Uma coisa eu sei: qualquer pessoa que se sente num banco na nossa encruzilhada à meia-noite é muito capaz de ir para ao topo dessa lista.

Apesar de tudo, o entusiasmo de Paddington era contagiante e, à medida que a família acabava a refeição, todos se foram reunindo à volta da sua cadeira.

— Eu nunca fui a uma festa de Halloween — disse ele, ansioso. — Acho que não as fazem nas aldeias do Peru.

Mrs. Brown olhou para o marido.

— Henry, há muito tempo que não fazemos uma — disse ela. — Podia ser divertido.

— Vá lá, pai — disseram em coro Jonathan e Judy.

Mr. Brown cedeu.

— Talvez uma pequenina — disse ele. — Só para a família, não mais. Já chega todas aquelas pessoas a tocar à campainha e a pedir «doçuras ou travessuras» pela caixa do correio. No ano passado, da única vez que não respondi, ficámos sem a tampa do caixote do lixo.

— Apareceu a boiar no canal — disse Jonathan.

— Eu arranjo chocolates — disse Mrs. Brown, prestável. — Têm muita saída.

Paddington virou a página.

— Há uma receita para estufado de bruxas — leu ele.

— Chama-se *mos-fogado* e parece ser muito interessante.

— Eu acho que tu deves querer dizer *refogado*, querido — corrigiu Mrs. Brown. — A não ser, claro, que se trate de uma gralha de impressão.

Jonathan olhou mais atentamente.

Paddington Fica por Cima

— Não — disse ele resolutamente. — O Paddington tem razão. É um *mos-fogado*.

— Dão a receita — anunciou Paddington, lendo o livro. — É uma mistura de unhas, sangue de morcego e moscas mortas.

— Encantador — disse Mr. Brown. — Mal posso esperar!

— Não são reais — disse Judy, erguendo a voz, ao ver o ar com que todos tinham ficado. — Pode fazer-se unhas a fingir a partir de bocados de chicória, e para as moscas usam-se passas velhas que tenham ficado duras. Mistura-se tudo com *ketchup* e 'tá a andar.

— É para uma refeição volante? — perguntou Mr. Brown. — Não sei se não preferia comer sentado.

— Olhem — disse Jonathan, espreitando por cima do ombro de Paddington. — Há aqui uma coisa sobre levar um arenque para a cama.

— Esse é outro capítulo muito bom — disse Paddington, conhecedor. — Li-o debaixo do edredão, ontem à noite. Diz que, se levarmos um arenque para a cama e o comermos antes de dormir, a pessoa com quem havemos de casar vai trazer-nos um copo de água durante a noite para nos matar a sede.

— Hummm — disse Mrs. Bird. — Espero que, seja quem for, esteja preparado para lavar os lençóis na manhã seguinte, é tudo o que tenho a dizer.

— Não interessa — afirmou Judy. — De qualquer forma, não estás a pensar em casar-te, pois não?

— Talvez — disse Paddington, misteriosamente.

— Há outra maneira — continuou. — Diz aqui que, se cortarmos as letras do alfabeto de um jornal e as pusermos a flutuar numa taça com água, elas nos dizem o nome da pessoa.

Mr. Brown olhou para o relógio e pegou no seu matutino.

— Acho que está na altura de ir para o escritório — disse ele. — É um bocadinho cedo para me dedicar a fazer *origami*.

— Ainda bem que estamos de férias — interveio Jonathan, depois de Mr. Brown se ter despedido.

— Podemos ajudar a arranjar tudo.

— Paddington, se eu fosse a ti — disse Mrs. Bird —, ia ao mercado o mais depressa possível. Assim que as pessoas começarem a perceber que dia é, vai haver uma corrida às abóboras. — Agarrou na sua malinha de mão. — E, já que lá vais, podes trazer velas para pôr lá dentro.

— Não te esqueças de que vamos precisar de chicória para as unhas — lembrou Judy.

Paddington tomou nota e, sem perder tempo, pôs-se a caminho com a sua lista, deixando Jonathan e Judy a começar a fazer as máscaras.

— Muito bem visto — aprovou Mrs. Bird, quando viu o que eles estavam a fazer. — Falando por experiência própria, aquele urso e frascos de cola, quanto mais afastados melhor. Ele pode ajudar-me com as abóboras quando voltar.

— Não pensas que o Paddington estava a falar a sério sobre casar, pois não? — perguntou Judy, quando ela e Jonathan ficaram sozinhos.

— Não o consigo imaginar a atravessar a porta transportando alguém ao colo, se é isso que queres dizer — respondeu Jonathan.

— O mais provável era deixá-la cair ou possivelmente ficar preso na porta. E, além do mais, primeiro teria de encontrar alguém.

— É difícil imaginar alguém que queira partilhar arenques na cama com ele — disse Judy, alcançando a tinta. — Seria um mau início para a vida de casado. Acho que podemos ficar descansados.

Quando Paddington voltou do mercado, eles já tinham feito tantas máscaras que era difícil encontrar um sítio para se sentar. Depois de ele ter tentado, sem sucesso, meter a pata na pintura, Jonathan sugeriu que ele procurasse na garagem bocados velhos de corda para fazer uma peruca.

Mrs. Bird dedicou-se a esvaziar as abóboras e, assim que o trabalho terminou, e depois de deixar Judy e Jonathan a colocar as velas lá dentro, dedicou a sua atenção à culinária, deixando Paddington à procura da maneira de pintar a sua peruca de preto.

Com uma coisa ou com outra, toda a gente estava ocupada; no entanto, se a primeira parte do dia passou depressa, esperar que ficasse escuro pareceu demorar uma eternidade.

Para passar o tempo, Paddington foi para o quarto escrever poemas de Halloween enquanto experimentava o seu fato.

— Estou pronto para a parte das doçuras ou travessuras — anunciou, quando desceu ao fim de algum tempo.

Com um chapéu pontiagudo, parecido com o que estava na capa do livro de Mr. Gruber, toda a gente concordou que ele estava uma excelente bruxa. O toque final foi um par de dentes brancos que Judy tinha feito de casca de laranja virada do avesso.

— Eu não queria encontrar-te numa noite escura — disse Jonathan, quando saíram para o jardim da frente.

— Pensei que talvez pudéssemos começar pelo Mr. Curry, tendo em conta que é o mais próximo — disse Paddington.

— Achas que isso é inteligente? — perguntou Judy.

— Escrevi um poema especial para ele — disse Paddington. — Não o quero desperdiçar.

— Deves gostar de viver perigosamente — disse Jonathan. — Duvido que ele te vá dar alguma coisa. Era mais fácil tirar sangue a uma pedra.

— Ou os porcos voarem! — apoiou Judy.

— Acho que ele não me vai reconhecer com o meu fato — disse Paddington, optimista, enquanto avançava pelo portão da frente, deixando os outros escondidos atrás da sebe.

— Não apostava nisso — disse Jonathan.

Mas era tarde demais, porque Paddington já não o conseguia ouvir.

Depois de ter pressionado a campainha de Mr. Curry várias vezes, escondeu-se nas sombras, deixando a lanterna cuidadosamente atrás de si para que a sua cara não se tornasse visível.

— Sim? — rosnou o vizinho dos Brown, abrindo ligeiramente a porta e espreitando pela frincha. — Quem é?

— Corra, corra, Mr. Curry — gritou Paddington, disfarçando a voz. — Um doce agora e eu dou o fora.

— Vai-te embora, urso! — exclamou Mr. Curry. — Como é que te atreves! Mais um desses disparates e eu chamo a Polícia. — E bateu a porta na cara de Paddington.

— Está visto — disse Jonathan, quando ouviu o que acontecera. — Está na altura de travessuras, não de doçuras.

«Encontrei uma boa no teu livro enquanto estavas na garagem esta manhã. Atas uma ponta de uma corda ao puxador da porta de alguém. Depois esticas bem a corda e atas a outra ponta a uma árvore.

«Depois, tocas à campainha e escondes-te. Se for bem feito, quando o dono da casa tentar abrir a porta vai pensar que está encravada. Eu trouxe corda para o caso de ser necessário.

— É bem feito por ser tão mau — disse Judy.

— Eu faço — disse Paddington, ansioso. — Os ursos são muito bons a fazer nós.

Ele parecia tão entusiasmado com a ideia que os outros não tiveram coragem para dizer «não». Em vez disso, ficaram a vê-lo voltar a casa de Mr. Curry, armado com uma corda.

Atá-la à maçaneta da porta demorou um pouco mais do que pensou, especialmente porque estava a tentar fazê-lo com o menor barulho possível, e só quando olhou à volta à procura de algo onde atar a outra ponta é que reparou que o jardim de Mr. Curry era como o deserto. Não havia sequer um arbusto, quanto mais uma árvore.

Paddington preparava-se para voltar para casa e pedir um conselho a Jonathan, quando a porta subitamente se abriu.

— Quem é que anda para aí a mexer na minha caixa do correio? — rosnou Mr. Curry. — Eu devia ter adivinhado! — grunhiu ele, quando viu Paddington escondido atrás da sua abóbora. — Outra vez nas tuas travessuras, urso!

— Não, não — disse Paddington, apressadamente. — Não são as *minhas* travessuras, Mr. Curry. Estão no livro do Mr. Gruber... quero dizer...

O vizinho dos Brown olhou para ele com desconfiança.

— O que é isso na tua pata? — exigiu ele saber.

— É a minha *jack-o'lantern* — explicou Paddington. Ergueu a abóbora ao alto para que Mr. Curry a visse. — É para afastar os maus espíritos, mas não parece estar a funcionar muito bem... — Calou-se ao olhar para a cara do outro.

— O que eu quero saber é o que é que está na tua *outra* pata — grunhiu Mr. Curry. — A que está atrás das tuas costas. — E, antes que Paddington o pudesse impedir, ele agarrou a corda.

— Se fosse a si não puxava, Mr. Curry — disse Paddington, ansiosamente.

Paddington Fica por Cima

— Disparates! — berrou o vizinho dos Brown. — Só há uma maneira de descobrir onde alguma coisa vai ter... dando uma boa puxadela. — E, sem mais, deu uma volta à mão com a corda e puxou.

Ouviu-se um barulho forte e a porta fechou-se. Seguiu-se quase imediatamente um som tilintante, quando um objecto metálico aterrou aos seus pés.

Mr. Curry olhou para ele.

— Isto parece uma maçaneta de porta — grunhiu ele. — Tens alguma ideia de como chegou até aqui, urso? Podia ter causado um terrível acidente.

Paddington ergueu a lanterna e observou melhor.

— Penso que não é uma das nossas, Mr. Curry — disse ele. — Mrs. Bird tem sempre as maçanetas muito bem polidas.

— Isso continua a não explicar o que é que ela faz aqui — vociferou Mr. Curry.

— Eu estava à procura de uma árvore perto... — explicou Paddington.

— Eu não tenho árvores — grunhiu Mr. Curry. — Terríveis coisas, sujam tudo, deixam cair folhas em todo o lado.

— Eu sei — disse Paddington, infeliz. — É por isso que a travessura da maçaneta não funcionou como deveria ter funcionado. A sua caiu por engano. Não era para cair.

— Eu dou-te as travessuras, urso — bramiu Mr. Curry. — Não deviam ser permitidas. Se fosse eu a mandar... — E deteve-se. — Importas-te de repetir o que acabaste de dizer?

A cara de Mr. Curry estava roxa de raiva. De facto, Paddington não gostou nada do aspecto dela, por isso baixou a lanterna, por medida de segurança.

— Se não se importa — respondeu ele —, prefiro não repetir.

Mas o vizinho dos Brown já o estava a fazer por ele.

— Tu estás a querer dizer-me que aquela é a maçaneta da *minha* porta? — vociferou ele.

Visivelmente incapaz de acreditar nos seus olhos, quanto mais nos seus ouvidos, ele olhava embasbacado para a sua porta e depois para a ponta da corda atada à volta da maçaneta.

— Estás consciente — bramiu ele — de que me trancaste fora de minha casa?

— Não, Mr. Curry — respondeu Paddington, feliz por estar finalmente em chão firme. — *Eu* não o tranquei fora de sua casa. O senhor é que o fez. É aquilo a que Mrs. Bird chama um tiro no próprio pé. Ela diz que o senhor é muito bom nisso.

Tirando educadamente o chapéu, ele olhou ansiosamente por cima do ombro, mas Jonathan e Judy estavam demasiado bem escondidos para poderem dar qualquer ajuda.

— Acho que é melhor eu ir andando agora — disse ele. — Vamos dar uma festa de Halloween e eu não quero chegar atrasado.

Mr. Curry interrompeu o que ia dizer e surgiu-lhe um brilho astuto no olhar.

— Ai é, urso? — disse ele. — Bem me parecia que te tinha visto andar muito para cá e para lá esta manhã.

— Havia muita coisa para preparar — disse Paddington, desejoso de mudar de assunto. — Mrs. Bird andou muito ocupada a fazer bolos e a preparar uma mistura especial *mos-fogado*.

— Tendo em conta que fiquei trancado fora de minha casa — disse Mr. Curry —, não poderia ter acontecido em melhor altura. Seria muito simpático da tua parte convidar-me, urso. A não ser, claro — acrescentou ele —, que prefiras que conte aos Brown o que acabaste de fazer.

Jonathan levantou-se.

— Estamos feitos — disse soturnamente, ao ouvir a conversa. — Espera até o pai saber o que aconteceu. Não vai ficar nada satisfeito. Mr. Curry é a última pessoa que ele quer ver quando chegar a casa.

— O Paddington não estava a brincar quando disse que os ursos são bons a dar nós — concordou Judy. — Quero ver como é que vai desemaranhar este.

— Aposto que encontra uma maneira — disse Jonathan, confiante. — Ele normalmente sai sempre por cima.

Mr. Curry olhava em volta da sala dos Brown, sentado com grande à vontade na cadeira favorita de

Mr. Brown. Depois de se servir, sem pedir a ninguém, de chocolates que estavam numa taça, teve um arrepio e levantou-se novamente.

— Acho que vou para mais perto da lareira — disse ele. — Fiquei com frio lá fora.

Para grande desânimo de todos, parecia preparado para passar o resto da noite.

— Urso, agora — disse ele, dirigindo-se a Paddington — é a minha vez. Tendo em conta que amavelmente me convidaste para a vossa festa, eu tenho um poema para *ti*. Falaste em qualquer coisa chamada *mos-fogado*... portanto, antes de mais: «Doçura ou travessura, a paciência não dura, dá-me esse *mos-fogado*, se não estás tramado!»

Mrs. Bird abriu a boca, mas, antes que tivesse tempo de dizer fosse o que fosse, Paddington pôs-se de pé de um salto.

— Não se preocupe, Mrs. Bird — disse ele, saindo, de rompante, da sala. — Deixe estar que eu vou lá.

Não demorou muito até que ele voltasse com uma grande taça e uma colher numa bandeja.

Mr. Curry apanhou os últimos chocolates e pô-los nos bolsos do casaco, antes de voltar a sua atenção para a oferta de Paddington.

— Não pode dizer que não lhe quero dar — disse Paddington. — Dou-lhe de comer e depois vou-me pirar.

— Obrigado, urso — disse Mr. Curry, a lamber os lábios. E, sem mais demoras, agarrou na colher e atacou a tigela.

Paddington esperou até que o vizinho dos Brown acabasse a segunda colherada cheia e começasse visivelmente a abrandar.

— Temo que seja um bocadinho difícil de mastigar — disse ele —, é uma receita especial de Halloween.

— Fora do comum — disse Mr. Curry. — Nunca tinha provado nada assim. Não comes, urso?

— Creio que não, Mr. Curry — declinou Paddington. — Muito obrigado. A minha Tia Lucy sempre me disse para não engolir moscas. Isso é um bocado difícil lá no interior do Peru. Há muitas moscas por lá. Ela tinha de manter os frascos tapados sempre que estava a fazer compota para evitar que elas entrassem. Parece que fazem emagrecer.

Mr. Curry grunhiu.

— Disparates! — protestou. — Isso são histórias da Carochinha. E, além do mais, o que é que isso tem a ver com... — E interrompeu a fala, com a colher a meio caminho da boca. — Urso, porque é que me estás a dizer isso?

— Pensei que pudesse estar interessado — respondeu Paddington, inocentemente. — Eu mexi bastante bem a sua tigela antes de a trazer.

Mr. Curry deu um salto.

— Urso! — gritou ele. — Estás a tentar dizer-me que eu tenho estado a comer *moscas* refogadas?

— Quer uma segunda dose? — perguntou Mrs. Bird, antes de Paddington ter tempo de responder.

— Não, não quero! — barafustou Mr. Curry. Agarrado ao estômago, deu um alto grunhido.
— É a última vez que aceito um convite teu para uma das tuas festas, urso!

— Podemos ter isso por escrito? — murmurou Jonathan, felizmente não suficientemente alto para que alguém, para além de Judy, conseguisse ouvir.

— Aceitar um convite, francamente! — disse Mrs. Bird. — Eu ouvi-o chantagear o Paddington, ainda agora. E, quanto a ficar fechado fora de sua casa, sabe perfeitamente que temos uma cópia da sua chave para o caso de uma emergência. Venha comigo.

E, enquanto Paddington levava os restos do prato de Mr. Curry para a cozinha, Mrs. Bird acompanhava o seu convidado não convidado até à saída.

Momentos mais tarde, pela segunda vez nessa noite, o som de uma porta a ser fechada com força ecoava por Windsor Gardens.

— Quem é que iria acreditar? — disse Mrs. Brown.

— Eu disse que o Paddington encontraria uma maneira — disse Jonathan.

— De onde menos se espera é que elas vêm... — disse Judy.

Paddington Fica por Cima

— Ou de onde mais se espera, se nos estamos a referir àquele urso — replicou Mrs. Bird, ao voltar para a sala. — Se querem saber a minha opinião, passa-se muita coisa por baixo daquele chapéu que nós não sabemos.

«Mais alguém quer moscas refogadas? — perguntou ela. — Ou preferem sopa de abóbora? Fi-la especialmente. Não se pode fazer lanternas sem ficar com muito interior de abóbora.

— Está muito boa — disse Paddington, lambendo os lábios, ao chegar da cozinha. — Estive a prová-la.

— Nesse caso — disse Mr. Brown. — Vamos lá, pessoal... está na hora da festa!

No fim, todos votaram que fora a melhor sopa que haviam comido desde há muito.

— Não vais tirar o teu chapéu, Paddington? — perguntou Mrs. Brown, quando chegou a hora de ir para a cama.

— Se não tirares — avisou Mrs. Bird —, a cola pode derreter durante a noite e depois ficas colado a ele.

Paddington reflectiu no assunto por um momento antes de subir. Sentiu-se muito dividido.

— É capaz de ser melhor — disse, finalmente —, caso contrário não conseguirei tirar o chapéu quando encontrar alguém conhecido quando vou às compras. Mas, se não se importam, vou levar a minha lanterna comigo enquanto a vela ainda arde. Tem sido um Halloween tão bom que eu não quero perder um único minuto.

— Eu sei que já disse isto antes — declarou Mrs. Bird, enquanto Paddington desaparecia escada acima —, mas volto a dizer outra vez. Aquele urso fica sempre por cima!

Capítulo Cinco

Paddington Descose-se

Numa fantástica manhã de Dezembro, Paddington decidiu ir ajudar no jardim. Com o Natal a aproximar-se, estava ansioso por ganhar algum dinheiro extra, pelo que se dedicou a trabalhar na parte da frente da casa, a varrer as últimas folhas que tinham caído no Outono e a limpar os canteiros.

Ele não queria arriscar uma repetição do desastre do ano anterior, quando ofereceu a toda a família umas agendas que tinha encontrado numa banca do mercado. Como a maioria dos ursos, tinha olho para as pechinchas, e na altura cinco pelo preço de uma parecera-lhe um belo negócio.

Foi só a meio da tarde do dia a seguir ao Natal, quando Mr. Brown pousou a caneta, depois de ter acabado a árdua tarefa de transferir todos os nomes, moradas e aniversários da sua velha agenda para a nova, que reparou nas datas e viu que... eram idênticas!

Tendo reunido as folhas numa pilha muito bem feita, Paddington tirou do bolso da sua canadiana uma tesoura de podar e virou a sua atenção para as roseiras, para ver se necessitariam de uma última poda antes de o Inverno chegar.

Uma rápida vistoria fez com que decidisse o contrário. As rosas eram o orgulho e alegria de Mr. Brown e ele dava-se a um grande trabalho para que fossem podadas apenas junto dos rebentos voltados para fora.

Sempre que Paddington olhava para elas, os únicos rebentos que via pareciam estar voltados para o lado errado, e esse dia não era excepção.

Estava ele a meio de dar uma vistoria mais de perto, com a sua lupa, a um dos caules, quando ouviu tossir. Olhando em volta, percebeu que estava a ser observado.

Paddington Descose-Se

— Humm — disse o homem, olhando por cima da sebe. — Desculpe-me. Vejo que está ocupado. Por favor, não se incomode, não se levante.

Paddington ficou muito ofendido.

— Eu *estou* de pé — anunciou ele.

— Oh! — O recém-chegado pareceu um tanto frustrado. — Eu peço perdão, mas calculei que fosse um jardineiro; é um refugiado de outros climas, talvez?

«Desculpe, mas... os seus patrões estão em casa?

— Os meus *patrões*! — repetiu Paddington, cada vez mais aborrecido. — Mas eu *vivo* aqui. Estou só a procurar arredondar o meu orçamento para o Natal. Estava aqui a ver se descobria rebentos voltados para fora, mas não encontro nenhum.

— Compreendo como se sente — disse o homem solidariamente. Mostrou a pasta que trazia consigo. — Eu estou a tentar fazer um inquérito, mas até agora não consegui encontrar uma única pessoa para entrevistar. Toda a gente nesta rua parece ter ido para fora.

— Creio que talvez seja por causa da sua pasta — disse Paddington avisadamente. — Mrs. Bird diz que nunca abre a porta a um homem com uma pasta com mala. Normalmente quer dizer que querem alguma coisa.

— Ah! — O homem riu desanimadamente. — Muito obrigado por essa dica. Eu não estou habituado a este tipo de trabalho, sabe, e... — A voz dele foi-se sumindo, perante o espanto de Paddington.

«Tendo em conta que vive aqui — continuou ele —, talvez não se importasse de responder a algumas perguntas simples. Só demora um minuto ou dois do seu valioso tempo. Estamos a perguntar às pessoas o que pensam do panorama...

— Tenho um óptimo, da janela do meu quarto — disse Paddington, satisfeito por poder ajudar. — Num dia sem nuvens vê-se a Torre da British Telecom.

O entrevistador permitiu-se um sorriso.

— Que interessante. — Olhou melhor para Paddington. — Peço desculpa por mencionar, mas pelo seu sotaque deduzo que não seja... bem... quero dizer, de onde é que é exactamente?

— Do Peru — disse Paddington. — Do interior do Peru.

— Do interior do Peru? — repetiu o homem. — Já encontrei uma grande quantidade de búlgaros e polacos que vieram para aqui trabalhar, mas nunca tinha encontrado ninguém do interior do Peru.

Consultou uma folha na sua pasta. — Nem há sequer aqui um quadradinho para eu assinalar. Se me permite que lho diga, espero que não haja uma cheia este Inverno.

— Mr. Curry teve uma no ano passado — informou Paddington.

— Teve? — perguntou o homem, entusiasmado. Escreveu o nome. — Se me puder dar a morada dele, talvez eu lhe possa avivar a memória.

— Eu preferia que não o fizesse — disse Paddington, ansioso. — Ele é o nosso vizinho do lado e não nos damos lá muito bem.

— Oh, que pena — lamentou o homem. — E isso traz-lhe más memórias, é?

— Não — disse Paddington —, mas traz a Mr. Curry. Ele teve um cano roto na casa de banho e eu estava a ajudá-lo a arranjá-lo. Ele deu-me um martelo para eu segurar e disse-me que quando ele fizesse um sinal com a cabeça eu deveria martelar. E eu assim fiz. Só que não compreendi que ele estava a falar do cano.

— Estou a ver o problema — assentiu o homem. — Não é algo que se esqueça com facilidade. — Virou a página. — Mudando de assunto, tem alguma queixa sobre a maneira como tem sido tratado desde que chegou a este país?

Paddington pensou no assunto por um momento.

— Bem, não foi culpa da Mrs. Bird — disse ele —, mas esta manhã o meu ovo cozido estava um bocado cru.

— O ovo cozido estava um bocado cru? — O homem tinha começado a escrever qualquer coisa, mas depois riscou. — Penso que isso não é razão para queixa.

— É se você for um urso — retorquiu Paddington, exaltado. — Se for um urso e a gema secar nos bigodes, faz com que eles se peguem uns aos outros e é muito doloroso. Sempre que se abre a boca, fica a doer.

— Hum, pois — anuiu o entrevistador. — Suponho que sim. Apresentou queixa?

Paddington pareceu incomodado com a ideia.

— Não me atreveria — disse ele. — A Mrs. Bird dirige esta casa com punho de ferro.

— A sério? — O homem olhou em volta, nervoso. — E trá-lo com ela?

— Ah, não, é só uma maneira de dizer — disse Paddington. — Mas ela consegue ser feroz, por vezes.

Paddington Descose-Se

O Mr. Brown diz que, no fundo, ela tem um coração de ouro. De qualquer das maneiras, ela saiu com a Mrs. Brown para fazerem as compras de Natal e tanto o Jonathan como a Judy estão na escola. Só voltam amanhã, portanto eu fiquei a tomar conta da casa.

O homem pareceu aliviado.

— Essa tal Mrs. Bird — disse ele. — Gostava de saber mais sobre ela. Depreendo que não seja muito boa cozinheira?

— *Não é boa cozinheira?* — repetiu Paddington indignado. — As almôndegas da Mrs. Bird são as melhores que alguma vez provei. São famosas na vizinhança.

— Almôndegas famosas na vizinhança — repetiu o homem, escrevendo no seu formulário.
— E a sua compota também — acrescentou Paddington. — Cheia de pedacinhos.
Pondo a mão debaixo do chapéu, tirou de lá uma sandes.
— Pode experimentar, se quiser. Fui eu próprio quem a fez, na semana antes da semana passada.
Tinha um aspecto terrível, e o homem olhou-a desconfiado.
— Acho que vou deixar passar a oportunidade — respondeu.
— Tenho sempre uma debaixo do chapéu para um caso de emergência — explicou Paddington —, mas já há várias semanas que não há emergências.
— Por acaso também não terá por aí uma das almôndegas de Mrs. Bird? — perguntou o homem. — Podia tirar uma fotografia com o meu telemóvel.
— Uma almôndega! — exclamou Paddington. — Debaixo do meu chapéu? — E olhou severamente para o entrevistador.
A voz do homem desfaleceu quando viu a expressão na cara de Paddington.

Paddington Descose-Se

— Posso perguntar-lhe como é que veio para cá? — apressou-se a dizer, mudando de assunto.

— Vim num barco pequeno — disse Paddington. — Como clandestino.

— Desde o Peru? — O entrevistador ergueu as sobrancelhas. — Eu sei que muitas das pessoas vêm de barco quando estão desesperadas, mas isso parece-me um recorde mundial. As suas patas deviam estar doridas depois de tanto remar.

— Ah, eu não tive de remar — explicou Paddington. — O barco estava fixo à parte lateral de um grande navio. Foi uma ideia da minha Tia Lucy. Vim como clandestino.

— De qualquer das maneiras — admitiu o homem —, não deve ter sido fácil.

— Não foi propriamente a baía dos Biscoitos, não — continuou Paddington. — Foi mesmo muito difícil. O mar estava tão picado que eu quase fui atirado borda fora várias vezes.

— Com certeza que quer dizer a baía de Biscaia — disse o homem.

— Eu chamei-lhe a baía dos Biscoitos — confirmou Paddington. — Alguém que se debruçou da amurada deixou cair um garibaldi[2] sem querer. Aterrou na minha cabeça, portanto, eu aproveitei e comi-o.

— Como é que se escreve garibaldi? — perguntou o homem, enquanto escrevia.

— Um garibaldi não se escreve — respondeu Paddington —, come-se.

Inspirando profundamente, o entrevistador agarrou na borracha.

— Essa sua Tia Lucy — continuou ele. — Pode falar-me mais dela?

— Bem — disse Paddington. — É muito sábia. Se não fosse por ela, eu não estaria aqui. Além do mais, ensinou-me tudo o que sei.

— Talvez me possa dar a morada dela — disse o homem. — Gostava de a incluir na minha equipa. Ela parece precisamente o tipo de pessoa de que estamos à procura.

— Não me parece que isso seja muito fácil — retrucou Paddington. — Ela está a viver na Casa de Ursos Reformados, em Lima. Além disso, não participa em jogos de bola.

---

[2] Um tipo de bolo. (*NT*)

Paddington Descose-Se

O entrevistador lançou um olhar gélido a Paddington, enquanto voltava a usar a borracha.

— Eu tinha um formulário limpo quando comecei esta manhã — disse ele, queixoso. — Agora olhe para isto! Creio que — continuou, tentando outra abordagem —, tendo em conta que a sua Tia Lucy está num lar, ela é... ahm... quero dizer, há por acaso um tio?

— Oh, sim — confirmou Paddington. — O Tio Pastuzo. Mas não o vemos desde o terramoto...

— Quer dizer que foi vítima de um terramoto... — A caneta do homem correu de um lado para o outro da página. — Conte-me mais...

— Bem — disse Paddington —, não há muito para dizer. Na altura eu estava ferrado a dormir numa árvore. Houve um estrondo fortíssimo e a terra começou a tremer. Quando acordei, tudo parecia diferente. Toda a gente, excepto a Tia Lucy, tinha desaparecido.

— Até o Tio Pastuzo? — perguntou o entrevistador.

— Especialmente o Tio Pastuzo — respondeu Paddington. — Eu acho que ele já devia saber o que ia acontecer porque saiu cedo nessa manhã. Mas deixou o chapéu e a sua mala que tem um compartimento secreto, assim como um bilhete que dizia que se alguma coisa lhe acontecesse eu poderia ficar com as coisas.

— E alguma vez soube mais alguma coisa dele?

Com um ar triste, Paddington abanou a cabeça.

— Foi por isso que a Tia Lucy me educou. Ensinou-me como estar à mesa, e ensinou-me a dizer «por favor» e «obrigado» quando vou às compras, e a tirar o chapéu quando encontro alguém que conheço.

«Também me ensinou a estar agradecido quando as coisas não correm exactamente como planeado. É a primeira coisa que ela faz quando acorda todas as manhãs. Ela diz que nove em dez vezes temos mais do que aquilo que pensamos ter.

— Seria bom se houvesse mais pessoas como ela — disse o homem. Virou a página. — Uma última coisa antes de o deixar em paz. Como é que reage à ideia de ser dador de sangue?

— Não, obrigado — disse Paddington, com firmeza. — Ainda não tomei o meu chá das onze e posso ficar tonto.

Paddington Descose-Se

— Não fique preocupado com isso — disse o homem. — Pode deitar-se a seguir e eles dão-lhe uma bela chávena de chá, que está incluído.

— Prefiro chocolate quente — disse Paddington. — Os ursos gostam de cacau, sabe.

— Não, não sabia — disse o homem, escrevendo a informação no seu formulário. — Já que estamos a falar de assuntos médicos — prosseguiu —, se não quer ser dador de sangue, que tal doar um dos seus órgãos quando chegar a altura?

Paddington reflectiu durante algum tempo. Pensou se deveria mencionar o órgão de sopro do Jonathan. Foi uma excitação enquanto foi novidade, mas toda a gente respirou de alívio quando ele o levou de volta para a escola, no fim das férias.

— Eu não tenho nenhum meu — respondeu.

O homem dissimulou o sorriso.

— Mas tem de ter — disse ele —, toda a gente tem órgãos.

— Para começar, o Mr. Curry não tem nenhum — contrapôs Paddington.

— Pobre coitado — disse o entrevistador. — Pobre homem. Com isso e os canos congelados, deve estar num estado terrível. Devem ter de tratar dele de noite e de dia.

Paddington olhou por cima do ombro do homem.

— Acho que não — disse ele, baixando a voz. — Ele vive sozinho.

O homem seguiu a direcção do olhar de Paddington.

— Vai de mal a pior — comentou. — É por isso que as cortinas estão fechadas?

— Mrs. Bird diz que é porque ele não gosta que as pessoas andem a espiar — informou Paddington.

— Não me surpreende — disse o homem —, pois se ele não tem órgãos!

— O Jonathan teve um, em tempos — disse Paddington. — Mas trocou-o com um rapaz, na escola, por uma caixa de lápis.

Os olhos do entrevistador quase saltaram das órbitas.

— O Jonathan trocou um dos seus órgãos por uma caixa de lápis? — repetiu ele. — Sabe qual foi?

— Não sei o nome — disse Paddington. — Mas era muito especial. Tinha dois andares. Um para lápis normais e outro para lápis de cera.

Paddington Descose-Se

— Não me refiro à caixa de lápis — disse o homem. — Refiro-me ao órgão. Isto pode ser uma notícia de primeira página! É mesmo o tipo de material de que o meu editor anda à procura.

— Oh, meu Deus! — Paddington pensou se teria dito algo de errado.

— Tem a certeza absoluta de que não quer servir de exemplo? — perguntou o homem. — Não me refiro a hoje, claro, isso nunca aconteceria até que você... — Ele agitou-se, sentindo-se desconfortável com o olhar de Paddington. — Você sabe, depois de, ahm...

— Depois de eu, ahm...? — repetiu Paddington.

— Exacto — confirmou o homem. — Acaba por nos acontecer a todos.

— A mim ainda não me aconteceu — disse Paddington.

— Isso vejo eu — disse o homem, olhando-o como se desejasse que já tivesse acontecido. — Uma última coisa — atalhou ele, como quem não quer a coisa. — Pode dizer-me o nome da escola do Jonathan?

— Lamento imenso — disse Paddington, levantando o chapéu, para mostrar que a conversa tinha chegado ao fim. — Infelizmente não posso.

— Quanto vale a informação? — perguntou o entrevistador. Abrindo a carteira, mostrou algumas notas.

— Mais do que todo o chá na China — disse Paddington, lembrando-se de uma das frases favoritas de Mrs. Bird.

— E se não lhe oferecer isto? — perguntou o homem, tirando uma das notas e fazendo-a estalar tentadoramente entre o polegar e o indicador.

— Tenho uma arma secreta — disse Paddington. — Posso mostrar-lhe, se quiser.

Olhando à volta para se certificar de que ninguém estava a ver, lançou ao entrevistador um dos seus olhares mais implacáveis.

O homem estremeceu, como se tivesse sido atingido por um raio, e algo caiu ao chão.

— Foi outra coisa que a Tia Lucy me ensinou — disse Paddington. — Por vezes dá muito jeito!

— Acho que por hoje vou terminar — disse o homem, guardando rapidamente a caneta. Entregou-lhe a nota através da cerca. — É melhor ficar com isto, de qualquer das maneiras. Talvez o ajude a arredondar o orçamento até ao Natal.

Paddington Descose-Se

— Andamos a dá-las esta semana — acrescentou. — É um presente como forma de agradecimento.

E, com isto, deu meia-volta e desapareceu, descendo Windsor Gardens como se fosse apanhar o comboio.

Paddington ficou a olhar para a nota por um momento. Não se parecia com nenhuma que tivesse visto anteriormente. Em vez do sinal £, tinha uma imagem de um avião, seguida de uma quantidade de palavras em letras miudinhas. Nenhuma parecia fazer qualquer sentido, portanto ele, à cautela, guardou-a no bolso da canadiana e apressou-se a voltar a casa, não fosse aparecer mais alguém para o entrevistar.

— O que é que achas que significam os «ahm» e os «hum»? — perguntou Mr. Brown.

Era o dia seguinte e ele acabava de chegar da estação, onde fora buscar o Jonathan e a Judy, que vinham passar as férias de Natal a casa.

— Estiveste a ler o postal do Paddington, Henry — disse Mrs. Brown, acusadoramente.

— Não consegui evitar — disse Mr. Brown. — Estava na mesa da entrada, pronto a ser enviado. De qualquer forma, parece que tu também o leste.

— É dirigido à Tia Lucy — disse Mrs. Brown.
— Não faço qualquer ideia do que queira dizer, mas ele disse-lhe para ela não se preocupar.
— Se querem saber — disse Mrs. Bird —, acho que uma colher de óleo de castor não lhe fazia mal nenhum.
— Coitado do Paddington — lamentou Judy.
— Piores coisas acontecem no mar — disse Jonathan, divertido.
— Isso não sei — disse Mr. Brown. — Olhem para este cabeçalho!
Mostrou-lhes a primeira página do jornal local.
ESCÂNDALO DE TROCA DE ÓRGÃOS ABALA O WEST END DE LONDRES
— Não posso dizer que tenha sentido muitos abalos — disse Mrs. Bird, lendo alto.
— Não sei onde é que vão arranjar estas histórias — apoiou Mrs. Brown. — Não acredito que metade seja verdade. Não me parece que isto se passe por aqui, graças a Deus!
— Eu não estaria assim tão certo — advertiu Mr. Brown. — É o nosso código postal, W11.
Continuou a ler:

Paddington Descose-Se

— «"Onde é que tudo isto irá parar?", pergunta o nosso homem em campo. Fazendo-se passar por entrevistador, o nosso audaz repórter, Mervyn Doom, conseguiu infiltrar-se no gangue e obter informações confidenciais de um dos seus membros.»

— Ele faz isto parecer um jogo de bola qualquer — interrompeu Mrs. Brown. — Onde raio encontraste esse jornal?

— Na estação de Paddington, enquanto esperava pelo comboio — disse Mr. Brown.

— Parece que a pessoa que ele entrevistou estava disfarçada de jardineiro. Deitou tudo a perder quando disse que estava à procura de botões de rosa voltados para o exterior, não se apercebendo de que já tinha passado há muito a época da poda. — Desviou os olhos do jornal. — Já viram? Dá para ter uma ideia do tipo de pessoas que as autoridades têm de enfrentar.

«"Durante o decurso da entrevista, o nosso informador também se descaiu com o facto de que se tornou corrente uma operação secreta de transplante de órgãos."

«"Um rapaz de uma escola local trocou um dos seus por uma caixa de lápis (o nome do rapaz e da escola foram omitidos por questões legais). Entretanto, neste bairro aparentemente respeitável, outras pessoas, privadas de tudo o que as mantém vivas, escondem-se por detrás de cortinas fechadas, à espera de ajuda."

— Onde é que este mundo vai parar? — exclamou Mrs. Bird.

— E mais — continuou Mr. Brown. — Segundo este jornal, os portões vão-se abrir a uma inundação de clandestinos vindos do Peru em navios.

«"A nossa pergunta é: QUANDO É QUE ALGUÉM VAI TOMAR UMA ATITUDE?"

«"NÃO HÁ TEMPO A PERDER!"

— Diz aí quem está por detrás disso? — perguntou Mrs. Brown.

— «Parece que o chefe do gangue é uma mulher» — leu Mr. Brown. — «Conhecida pelas suas almôndegas, e empunhando um punho de ferro, ela aterroriza tanto os que estão à sua volta que o nosso informador é obrigado a esconder sandes de compota dentro do chapéu.»

Os Brown olharam um para o outro. De repente, tudo parecia passar-se muito mais perto de casa do que eles imaginavam.

— Não pensas que... — começou o Mr. Brown.
— Meu querido Henry — continuou Mrs. Brown.
— Temo bem que sim.

— Ele perguntou ontem de manhã se podia levar emprestada a sua tesoura de podar — disse Mrs. Bird.
— Queria fazer uns trabalhos no jardim.

— Não me digas que ele andou a tratar das minhas rosas! — exclamou Mr. Brown, vendo que a situação se tornava subitamente mais séria.

— Não me está a agradar nada essa última parte — disse Mrs. Bird. — Se os «poderes instituídos» agarram nisto, não se sabe o que é que pode acontecer. O melhor é estarmos preparados para nos baterem à porta.

O Regresso de Paddington

Os Brown trocaram olhares ansiosos. No início, Paddington fora apenas algo que tinha acontecido, mas, ao longo dos anos, havia-se tornado parte da família e eles não conseguiam imaginar a vida sem ele. Nunca tinham pensado nele como num refugiado, ainda menos na possibilidade de ele estar ilegal.

— Acho que já começaram a mexer-se — disse Jonathan. — Vi uma ambulância à porta do Mr. Curry pouco depois de chegarmos. Havia uma enorme confusão. Estavam a tentar amarrá-lo a uma maca.

— É possível que declarem o Paddington *persona non grata* — disse Mr. Brown.

— Quer dizer uma pessoa que não é bem-vinda — disse Judy, elucidando o irmão.

— Obrigadinho! — respondeu Jonathan. — Quem é que acabou o secundário com distinção?

— De qualquer maneira — continuou Judy. — Ele não é uma pessoa, é um urso.

— E é sempre bem-vindo — acrescentou Mrs. Bird. — Se alguém o tentar levar, depois deste tempo todo, vai ter de se haver comigo.

— Mas quem é que haveria de fazer queixa dele? — perguntou Judy.

Paddington Descose-Se

— Em primeiro lugar, sugeriria Mr. Curry — disse Jonathan. — Se o Paddington tiver tido alguma coisa a ver com o que se passou esta manhã, talvez tenhamos de o esconder debaixo das tábuas do soalho, como faziam os Franceses com os prisioneiros evadidos durante a guerra.

— Nunca mais volto a sair e a deixar aquele urso sozinho em casa — prometeu Mrs. Bird.

— Tenho a certeza de que ele não fez por mal — desculpou-o Mrs. Brown.

— Não podem — disse a Judy. — Levá-lo, quero dizer.

— Não podem é uma expressão que não faz parte do dicionário da língua inglesa — disse Mrs. Bird, triste.

— O que é que vamos dizer ao Paddington? — perguntou Mr. Brown, baixando o tom de voz.

— Por enquanto — disse Mrs. Bird —, sugiro que não lhe digamos nada. Vai ficar muito perturbado se pensar que foi tudo culpa dele.

— Aí é que ele vai ter problemas com os seus «ahm» e «hum» — disse Jonathan.

— Cuidado — segredou Judy. — Acho que ele está a descer as escadas. Já estava a pensar se não teria saído.

Um momento depois a porta abriu-se e uma cara familiar apareceu na fresta.

— Alguém me pode dizer o que são milhas aéreas? — perguntou Paddington.

— Bem — disse Mr. Brown, depois de ele ter saído. — Este foi o ponto final numa conversa mais definitivo que jamais vi. O que é que ele estará a magicar agora?

— Tremo só de pensar — declarou Mrs. Brown.

— Só o tempo o dirá — disse Mrs. Bird. — Mas penso que saberemos brevemente.

Capítulo Seis

Paddington Sonha com Altos Voos

Na manhã seguinte, na santa ignorância da nuvem negra que pairava sobre o número trinta e dois de Windsor Gardens, Paddington saiu pouco depois do pequeno-almoço.

Tomando a direcção contrária àquela que normalmente levava, dirigiu-se a uma loja que se lembrara de ver numa das suas saídas com Mr. Gruber.

Estava situada numa rua movimentada, a alguma distância do Mercado de Portobello, e ficara na sua mente, em parte porque, na altura, tinha pensado que Viagens Ostra era um nome muito fora do normal para uma loja e também devido ao grande globo giratório que se encontrava na montra. Mr. Gruber tinha parado para o admirar e, enquanto ele girava lentamente, fora apontando para todos os países que já tinha visitado.

— Desde que inventaram o avião, Mr. Brown — dissera ele —, o mundo encolheu. Restam muito poucos locais aos quais não se consiga chegar numa questão de horas, em vez de semanas. Penso que o nome desta loja tem origem na expressão «o mundo é a sua ostra». Por outras palavras: «cabe-lhe a si desfrutá-lo».

Mr. Gruber tinha um dom especial para fazer a coisa mais normal parecer excitante, e a última ideia de Paddington era tudo menos normal. Tinha-lhe surgido quando estava deitado, uma noite, a tentar imaginar o que comprar aos Brown como prenda de Natal.

Da primeira vez que vira a loja, estava apinhada de gente; mas, à medida que se aproximava, ficou feliz por ver que, para além de um homem com um ar muito altivo, que parecia preparar-se para abrir a loja, não havia ninguém por perto.

Paddington Sonha com Altos Voos

— Deus ajuda a quem madruga — disse o homem, aprovador, enquanto segurava a porta para que Paddington entrasse. — Deixe-me adivinhar: está interessado numa das nossas viagens económicas, de um dia, com ida e volta — disse ele, avaliando o seu primeiro cliente do dia. — Um dia em Brightsea, talvez? Pode ser muito revigorante, nesta altura do ano. O autocarro parte dentro de meia hora e, se a previsão do tempo for coisa de fiar, com certeza que lhe vai dar para sacudir as teias de aranha dos bigodes.

Paddington olhou rapidamente para o seu reflexo no vidro.

— Isto não são teias de aranha — disse ele, olhando para o homem com um ar severo. — São cereais. Tomei o pequeno-almoço muito à pressa porque queria aqui chegar antes de qualquer outra pessoa.

— Peço imensa desculpa. — O homem esmoreceu perante o olhar de Paddington.

— Na realidade, eu estava interessado em outros lugares que tem aqui no seu globo — disse Paddington. — Mr. Gruber esteve a falar-me deles.

— Meu caro senhor, não poderia ter vindo a melhor sítio. — Inclinando-se para a frente, o homem começou a lavar as mãos com um sabonete invisível, enquanto acompanhava Paddington até um banco do outro lado do balcão.

«Acontece que eu sou o gerente — continuou ele, passando para o outro lado e alcançando um bloco e um lápis. — Como gosto de dizer a todos os nossos clientes, o mundo não é apenas a nossa ostra, é também a sua. Estamos aqui para satisfazer todos os seus pedidos.

«Talvez possamos começar por me dar alguns dos seus dados, primeiro o seu nome e morada...

Paddington fez o que lhe pediam e, enquanto o gerente escrevia, ele olhou à volta da loja. Parecia cheia de coisas interessantes. Para além de uma quantidade de verdadeiras conchas de ostra à volta do balcão, havia algumas gigantes, em plástico, penduradas no tecto, e as paredes estavam forradas com cartazes que mostravam pessoas de férias, com caras felizes, sorrindo enquanto se banhavam num mar azul ou descontraídas, nas suas cadeiras, a aproveitar o sol. Não havia ninguém com um ar infeliz em lado algum, e Paddington teve então a certeza absoluta de que tinha vindo ao lugar certo.

Paddington Sonha com Altos Voos

— Vai ser só para si? — perguntou o gerente.
— Ou vai acompanhado? Nós temos um programa a que chamamos «Especial Solitários».

— Vamos ser sete — informou Paddington.
— É uma prenda minha, e eu quero levá-los a algum sítio especial no Natal.

— Sete! — O gerente agarrou com firmeza no lápis. — Não se importa de me dar os nomes?

O REGRESSO DE PADDINGTON

— Bem — disse Paddington —, vai ser Mr. e Mrs. Brown, e Mrs. Bird. Jonathan e Judy, e espero que Mr. Gruber também possa ir.

— Um grupo bem grande — disse o gerente, com um ar verdadeiramente impressionado. Olhando melhor para Paddington, mudou a sua primeira impressão. Estava claramente a falar com um viajante experiente e importante. Apesar de o cliente ter chegado a pé, ele questionou-se se não estaria a falar com uma personalidade da televisão que estivesse a planear um programa ou talvez um dignitário estrangeiro; um príncipe indiano ligeiramente excêntrico que estivesse em maré de pouca sorte, por exemplo. Nunca tinha visto nenhum que usasse canadiana, mas há uma primeira vez para tudo e nos nossos dias nunca se sabe. Era melhor ter cuidado.

«Eu sei que ainda é um pouco cedo — disse ele —, mas não quererá uma taça de champanhe enquanto estudamos as possibilidades?

— Não, muito obrigado — disse Paddington. — Uma vez bebi uma e fez-me cócegas nos bigodes. Mais depressa bebia uma caneca de chocolate quente.

O gerente ficou com uma cara desanimada.

Paddington Sonha com Altos Voos

— Lamento, mas vamos ter de esperar por Miss Pringle — disse ele, olhando para o relógio. — É ela que normalmente traz o leite quando chega. Tivemos imenso trabalho ontem — explicou ele. — Sabe, com todos a quererem fazer uma pequenina escapadela para as férias de Natal. E eu disse ao pessoal que hoje podia entrar meia hora mais tarde do que é habitual...

Dirigiu-se a uma estante com brochuras coloridas.

— Alguma vez pensou em visitar a América do Sul? Os Andes do Peru, por exemplo? Temos uma excursão que inclui uma viagem de barco ao lago Titicaca. Como tenho a certeza que sabe, é o mais alto do mundo.

— Se formos ao Peru — disse Paddington —, vou mas é à Casa de Ursos Reformados, em Lima. Não vejo a minha Tia Lucy há muito tempo e seria uma bela surpresa para ela.

O gerente olhou para a brochura.

— Infelizmente, aqui nada se diz sobre a Casa de Ursos Reformados — respondeu. — Mas tenho a certeza de que o nosso guia terá todo o prazer em ajudá-lo quando lá chegar.

«Como alternativa — agarrou noutra brochura —, o que me diz a uma visita à Índia? — Segurou a brochura diante de Paddington. — Alguma vez viu o Taj Mahal à luz do luar?

Paddington espreitou a fotografia.

— Não — admitiu —, mas no ano passado levaram-me a ver as luzes de Natal do centro comercial Crumbold and Ferns.

— Se me permite — atalhou o gerente —, não há comparação possível. Na verdade, os dois não podem sequer ser mencionados na mesma frase.

— Eu não tive de esperar pela lua cheia para ver as luzes do Crumbold and Ferns — afirmou Paddington, peremptório. — Estavam ligadas dia e noite. E estavam sempre a mudar de cor. Além do mais, eu vou para a cama cedo.

— Se passar mais do que duas noites na Índia — continuou o gerente, para não ser ultrapassado —, posso garantir-lhe um passeio de elefante gratuito.

— Acho que a Mrs. Bird não irá gostar muito disso — respondeu Paddington. — Ela gosta de ter os pés bem assentes no chão.

Paddington Sonha com Altos Voos

— Vejo que estou a lidar com um jovem cavalheiro de gosto e distinção — disse o gerente, tentando disfarçar a sua decepção. — Talvez eu o consiga interessar por algo menos distante. Que tal uma visita a Itália e à Torre Inclinada de Pisa?

— Também acho que a Mrs. Bird não vai gostar muito — disse Paddington. — Ela ficou muito preocupada quando, no ano passado, Mr. Brown descobriu uma racha no tecto da cozinha.

— Talvez antes de chegar a uma conclusão prefira trazer cá a senhora? — sugeriu o gerente. — Terei todo o prazer em rever o itinerário com ela.

— É que é para ser uma surpresa — disse Paddington — e a Mrs. Bird não gosta de surpresas.

— Meu Deus — murmurou o gerente, entre dentes. — Parto do princípio de que ela não tem objecção nenhuma a voar?

— Quando fomos a França de avião — disse Paddington —, ela manteve os olhos fechados no levantamento e na aterragem. E disse que, se Deus quisesse que nós voássemos, ter-nos-ia dado asas.

— Ah — disse o gerente, um bocado atordoado.

— Acho que a estimada senhora terá a sua razão.

O REGRESSO DE PADDINGTON

— Fez mais uma tentativa para perceber com quem estava a lidar. — O senhor quererá viajar em primeira ou em turística?

— O que achar melhor — disse Paddington. — Quero que seja uma prenda especial.

— Depende daquilo que tenciona gastar — disse o gerente, tentando compreender o seu cliente.

— O dinheiro não me preocupa — disse Paddington.

— Então, sem dúvida que a primeira classe é a melhor opção — disse o gerente. — Posso recomendar vivamente. É muito mais calmo.

— Vamos precisar de cinco quartos separados — informou Paddington.

— Não são bem aquilo a que se possa chamar quartos — esclareceu o gerente. — Nem mesmo nos aviões maiores, a não ser que vá viajar como convidado do presidente dos Estados Unidos da América. Mas os assentos inclinam-se todos para trás e, à parte o barulho dos motores, assim que eles apagam as luzes quase podemos acreditar que estamos num quarto.

— Mrs. Bird vai gostar disso — aprovou Paddington. — Especialmente se desligarem as luzes.

O gerente suspirou de alívio.

— Nesse caso — disse ele, lavando novamente as mãos com o seu sabão invisível —, parece que o nosso pacote «Estrela Dourada, Superespecial à Volta do Mundo» lhe serve na perfeição. Vai ter escolta permanente e ficará nos melhores hotéis de cinco estrelas, até Mrs. Bird terá dificuldade em encontrar falhas no serviço...

— Parece tudo muito bem — interrompeu Paddington. — Acho que quero um desses, por favor.

— Nesse caso, disse o gerente —, se quer viajar no período do Natal é melhor malhar enquanto o ferro ainda está quente, antes que tudo fique cheio. Desculpe-me por um momento.

Entregando a Paddington algumas brochuras para ler enquanto esperava, voltou-se para um computador e começou a correr os dedos pelas teclas com grande à-vontade. Depois de vários minutos, premiu um botão e quase imediatamente um rolo de papel começou a sair.

— Aqui está — disse ele, segurando a parte de cima para que Paddington pudesse ver. — As maravilhas da ciência! Tudo o que queria foi confirmado. Está aí tudo impresso, incluindo o total.

— Muito obrigado — disse Paddington, enquanto se levantava para sair. — A partir de agora, sempre que quiser viajar para algum lado, virei sempre aqui.

Estendeu a pata para levar o rolo de papel, mas o gerente agarrou firmemente a outra ponta.

— Podem achar-me antiquado — disse ele, escolhendo as palavras com cuidado — e, sinceramente, espero que não leve a mal que eu o mencione, mas nós aqui nas Viagens Ostra fazemos questão de tratar os nossos clientes como parte de uma grande e feliz família.

Paddington Sonha com Altos Voos

«Colocando as coisas de outra maneira, se me permite a frontalidade, há a pequena questão do pagamento adiantado. Poderá ver a quantia total no fim da folha.

Paddington quase caiu do seu banco ao ver o número final. Longe de ser uma pequena questão, parecia-lhe uma bem grande. De facto, ele não se lembrava de alguma vez ter visto tantos números numa só linha e estava contente por não ter de arranjar o dinheiro.

Levando a mão ao bolso da canadiana, tirou de lá a nota que o homem que conduzira o questionário lhe tinha entregado e deu-a ao homem atrás do balcão.

O gerente olhou para ela durante vários segundos, sem querer acreditar nos seus olhos. Entretanto, o seu sorriso ficou fixo como se tivesse sido talhado em pedra.

— Uma milha aérea! — exclamou, finalmente. — *Uma milha aérea!* Nem o deixam sequer entrar no autocarro do aeroporto com isto! Não leu as letras pequenas atrás?

— Tentei — disse Paddington —, mas eram pequenas demais, mesmo com a minha lupa.

O Regresso de Paddington

Erguendo os olhos ao céu, o gerente juntou as duas mãos, formando uma torre. Fechou os olhos e os seus lábios começaram a mexer, como se estivesse a contar muito devagar, mas não saía som nenhum.

Depois de ter visto a velocidade com que ele mexia no computador, Paddington achou aquilo muito estranho e pensou se o homem estaria a ter problemas a fazer contas com todos aqueles zeros.

— Posso ajudar? — perguntou ele. — Os ursos são muito bons em somas.

Os lábios do homem pararam de mexer e ele ficou estático por um momento, antes de voltar a abrir os olhos.

— Estive a contar até dez — explicou ele, olhando, vidrado, para Paddington como se estivesse a examinar algo que o gato tivesse trazido para casa. — Tendo chegado aos cinco, vou voltar a fechar os olhos e continuar a contar. Se quando eu os abrir ainda aí estiver, não serei responsável pelos meus actos. Espero ter sido suficientemente claro. Fora!

Paddington não esperou para ouvir mais nada. Sem sequer pedir o seu *voucher* de volta, dirigiu-se para a porta.

Paddington Sonha com Altos Voos

Ao sair, chocou com uma senhora que vinha a entrar. Ergueu o chapéu educadamente, segurou a porta para a senhora passar e, ao fazê-lo, viu que ela trazia consigo vários pacotes de leite.

— Se eu fosse a si, Miss Pringle — disse ele —, não me aproximava daquele homem. Acho que esta manhã ele não está muito bem-disposto.

Uma vez no exterior, Paddington desapareceu rua abaixo o mais rápido que as suas pernas lhe permitiam. Apercebeu-se vagamente da buzina de um carro e de alguém a gritar, mas não abrandou até chegar à porta verde do número trinta e dois de Windsor Gardens e de a ter fechado atrás de si. Mesmo aí, deu uma volta à chave, por precaução.

— Onde é que andaste? — perguntou Judy, enquanto o ajudava a tirar a canadiana. — Andei à tua procura por todo o lado.

Enquanto recuperava o fôlego, Paddington fez os possíveis por explicar.

— Meu querido — disse Judy. — Coitadinho! Mas deixa estar. Foi uma linda intenção e isso é que conta. Além do mais, se viajássemos, perderíamos o peru da Mrs. Bird. Em vez disso, sabe-se lá o que iríamos acabar por comer?

«Olha — ela entregou a Paddington um pacote meio aberto, com um carimbo do Peru. — É a tua encomenda de Natal, da Tia Lucy. Lamento, mas ficou presa na caixa do correio.

Paddington ficou a olhar para um calendário do Advento, destruído, no interior do pacote. Vinha em cima de uns toalhetes de mesa individuais.

Todos os Natais, sem falta, chegava uma encomenda da Casa de Ursos Reformados, em Lima, contendo presentes para toda a família. Era uma das muitas ocupações a que os residentes se dedicavam para passar o tempo. Se não era no fabrico de compota, era a tricotar gorros de lã ou a tecer individuais.

Mrs. Bird não dizia nada, com medo de ferir os sentimentos de Paddington, mas os individuais eram de uma resistência a toda a prova e ao longo dos anos já tinha enchido várias gavetas da cozinha com eles.

De qualquer das maneiras, a coisa mais importante era sempre o calendário feito especialmente pela Tia Lucy para Paddington.

Paddington Sonha com Altos Voos

— As portinhas vêm todas abertas! — exclamou ele, tristonho.

— O carteiro não teve culpa — disse Judy. — Por alguma razão havia mais individuais do que é costume e, quando ele tentou fazê-lo entrar na caixa do correio, ficou preso.

— Talvez eu possa colá-las e fechá-las — disse Paddington, esperançoso.

— Se o fizeres, nunca mais voltas a conseguir abri--las — interveio Mrs. Bird, juntando-se à conversa.

— Deixa estar que eu arranjo. Eu trato disso enquanto estiver a passar a ferro.

— Entretanto — avisou Jonathan. — Nada de espreitar.

Quando Mrs. Bird desapareceu na cozinha, levando consigo o calendário do Advento, Paddington correu para a porta para ver se ainda conseguia encontrar o carteiro, na sua ronda, mas só avistou um longo carro preto a passar devagar.

Era o carro mais comprido que alguma vez tinha visto. Na verdade era tão grande que ele pensava que nunca mais ia acabar e voltou à sala para contar a Jonathan e a Judy.

— Devia ser uma limusina — informou Jonathan, conhecedor.

— Andava muito devagar — disse Paddington. — Tentou parar, mas depois continuou. Acho que o motorista estava à procura de um lugar para estacionar.

— Aposto em como não conseguiste ver ninguém atrás — disse Jonathan.

Paddington abanou a cabeça.

— As janelas estavam todas pretas.

— Era uma limusina, de certeza — confirmou Jonathan.

Paddington Sonha com Altos Voos

— Devia ser alguém muito importante — disse Judy.

De repente lembrou-se de uma coisa e virou-se para o irmão.

— Não achas que... seria alguém à procura de «tu sabes quem»?

— Quem é esse? — perguntou Paddington.

Judy tapou a boca com a mão, mas felizmente, antes que pudesse responder, alguém tocou à campainha.

— Eu tinha razão! — gritou ela. — O que é que vamos fazer?

Levantando as longas cortinas das janelas, Jonathan fez um sinal a Paddington.

— Rápido! Esconde-te aqui.

Paddington não fazia ideia do que é que os outros estavam a falar, mas podia adivinhar, pelo tom das suas vozes, que era urgente, e por essa altura os seus joelhos já tremiam tanto que nem perdeu tempo a perguntar.

Assim que viu Paddington bem escondido, Jonathan virou-se para a irmã.

— Eu disse-te que lhe devíamos ter feito um esconderijo debaixo das tábuas do soalho.

Antes de Judy ter tempo de responder, ouviu-se um estrondoso espirro.

— Desculpem! — murmurou Paddington.

— Chiu! — advertiu Judy.

— As cortinas estão a fazer-me cócegas no nariz e eu não consigo encontrar o meu lenço — disse Paddington. — Acho que deve estar num dos bolsos da minha canadiana.

— Agora é demasiado tarde! — sussurrou Jonathan, ao ouvir que as vozes se aproximavam e ao ver a maçaneta da porta a rodar.

— Adivinhem quem está aqui! — anunciou Mrs. Bird.

Perscrutando toda a sala, os seus olhos de águia imediatamente detectaram o movimento atrás das cortinas.

— É melhor saíres, Paddington. Está aqui alguém para te ver.

Tanto Jonathan como Judy olhavam espantados para o visitante. Para seu grande alívio, não tinha nada que ver com um inspector do governo. Para começar, era muito baixo, ligeiramente mais alto que Paddington.

Paddington Sonha com Altos Voos

Quanto às suas roupas, só vendo para crer. Encimada por um chapéu de palha de grandes abas, usado no cimo da cabeça, a parte de baixo, ou o pouco que se vislumbrava dela por baixo de um poncho multicolor, era uma mistura de estilos. A parte de cima parecia ser uma casaca que já tinha visto melhores dias, enquanto as calças, de caqui, cheias de bolsos atulhados, pareciam mais adequadas à selva.

Por outro lado, as botas estavam tão bem engraxadas que dava para nos vermos reflectidos.

Quando o desconhecido falou, fê-lo numa estranha mistura de sotaques, nenhum dos quais imediatamente identificável.

— Lembras-te de mim, *sobrino*? — disse ele. — Ao fim de tanto tempo, encontrei-te!

O REGRESSO DE PADDINGTON

Ao som da sua voz, Paddington saiu de trás da cortina e correu para o outro lado da sala, com as patas estendidas.

— Tio Pastuzo! — exclamou ele.

— Graças a Deus! — sussurrou Judy, agarrando a mão do irmão.

— Quem diria? — disse Jonathan. — As surpresas sucedem-se.

Subitamente, parecia que a nuvem que pairava sobre as suas cabeças se tinha dissipado por sua livre iniciativa.

Capítulo Sete

A Surpresa de Natal de Paddington

Embrulhando Paddington no seu poncho, o Tio Pastuzo deu-lhe um grande abraço.

— Pensei que nunca mais te encontrava, *sobrino*. Perguntas-me como foi? É outra história. Conto-te noutro dia. Dei duas vezes a volta ao mundo desde Julho.

— Deve estar morto por uma chávena de chá — disse Mrs. Brown.

Juntamente com Mr. Brown, ela chegara bastante mais tarde do que os outros, e estavam ambos a tentar ficar a par dos acontecimentos.

Depois de soltar Paddington, o visitante mostrou um grande relógio suspenso de uma corrente.

— Já passa das dez e eu ainda não tomei o pequeno-almoço!

— Credo! — exclamou Mrs. Bird. — Vou arranjar-lhe qualquer coisa, imediatamente.

O Tio Pastuzo beijou-lhe a mão.

— *Gracias*, linda *señorita* — disse ele. — Isso é música para os meus ouvidos.

— Temos vários tipos de cereais... — informou Mrs. Bird, muito corada, enquanto enumerava as alternativas com os dedos. — Há papa... arenque... *bacon* e ovos... salsichas... pudim... *kedgeree*[3]... batata assada... torrada e compota...

— Parece óptimo, *señorita*! — disse o Tio Pastuzo, estalando os lábios.

Os Brown trocaram olhares. De costas, era difícil perceber o que Mrs. Bird estaria a pensar ao dirigir-se

---

[3] Prato, popular em Inglaterra, composto de peixe fumado, arroz e ovo cozido. (*NT*)

A Surpresa de Natal de Paddington

apressadamente para a cozinha, mas um momento mais tarde, quando ouviram o barulho de tachos e panelas a entrar em funções, ficaram mais tranquilos.

— Sabem uma coisa sobre as viagens? — interrogou o Tio Pastuzo. — Fazem fome.

— Como é que nos encontrou? — perguntou Mrs. Brown.

— Estava escrito nas estrelas. Ouvi um diz-que-diz-que havia um urso a viver em Londres. Tinha uma estação de comboios com o seu nome.

— Sabe que — disse Mrs. Brown, gentilmente — foi o contrário.

— Não foi isso que me disseram, *señora* — disse o Tio Pastuzo —, portanto, quando cheguei a Londres, dirigi-me à estação e aí vejo um cabeçalho de um jornal. Soube logo de quem estavam a falar.

Virou-se para Paddington.

— Comecei a circundar a área. A seguir vejo-te sair de uma loja, que tinha um enorme globo na montra...

— Viagens Ostra — disse Paddington.

— Isso mesmo. E então o que é que acontece? Eu saio da limusina e grito o teu nome, mas aí já tinhas desaparecido no meio da multidão.

— Tinha esperanças de poder levar todos numa viagem à volta do mundo — disse Paddington, triste —, mas só tinha uma milha aérea.

— *Sobrino*, quando eu voltar para casa podes ficar com as minhas todas — disse o Tio Pastuzo. — Já devem chegar para te levar onde quiseres.

— Eu não conheço ninguém que tenha dado a volta ao mundo uma vez — disse Jonathan —, quanto mais duas.

— Enganei-me no caminho em África — disse o Tio Pastuzo. —Virei para a direita em vez da esquerda. Voltei para trás. Estava tudo a parecer-me muito igual.

— E o seu carro? — perguntou Mr. Brown. — Não quero que o rebocem. Eles são muito severos por aqui.

— Não há problema — disse o Tio Pastuzo, divertido. — Cabe na sua entrada maravilhosamente. Os dez metros inteirinhos! Até parece que foi feito por medida.

— Tenho a certeza de que o tio do Paddington o tira quando tu fores sair, Henry — disse Mrs. Brown, vendo a expressão do marido. — É melhor assim do que tê-lo rebocado.

A Surpresa de Natal de Paddington

— É bem verdade! — concordou o Tio Pastuzo. — Regras e regulamentos! As pessoas inventam o carro e tornam impossível viver sem ele, depois vêm outros que tornam impossível viver com ele. Tretas!

— Sim, bem... — começou Mr. Brown. — Tente explicar isso a um polícia de trânsito.

— Já tentei — disse o Tio Pastuzo. — Um deles tentou passar-me uma multa quando eu saí lá desse sítio da ostra. Só lá estive dois minutos.

Tirando de dentro do poncho um punhal gigante, passou a pata livre ao longo da lâmina.

— Disse-lhe: «Olha para isto, *gringo*!»

— Oh, meu Deus — disse Mrs. Brown. — Espero que não lhe tenha dado a nossa morada.

O Tio Pastuzo riu-se.

— Eu? Eu não nasci ontem. Dei a morada do vosso vizinho. Um *hombre* chamado Curry. Sei tudo sobre ele, pela Lucy. Parece que vocês não se dão muito bem.

— Mantém-se em contacto com a Tia Lucy? — perguntou Mrs. Brown, ansiosa por mudar de assunto.

— Foi o primeiro sítio onde fui quando me meti ao caminho — disse o Tio Pastuzo. — Ali estava ela, cheia de vida e muito animada, na Casa de Ursos

Reformados. A fazer tricô, na sua cadeira de baloiço, como se não existisse amanhã. Nem me conseguia ouvir pensar, com o barulho das agulhas de tricô: abafadores para os bules, sapatinhos para dormir, cachecóis... chamam àquilo reforma?

«Ela deu-me a vossa morada. Mas a única coisa de que me lembrava era do número, não da rua. Não é como na minha terra, lá no Peru. Onde eu vivia só há uma rua. Sempre a subir até ao cimo da montanha e depois a descer outra vez. Foi lá no tal sítio da ostra que me deram o resto da morada. Só então é que percebi.

Virou-se para Paddington.

— Falei com o homem da loja, o que tem o tique nervoso. Ele disse que te conhece bem, *sobrino*. Parece que não és o seu favorito.

— Vai cá ficar, é claro — interrompeu Mrs. Brown. — Podemos preparar-lhe um quarto enquanto toma o pequeno-almoço.

O Tio Pastuzo olhou para o jardim.

— Não é preciso — disse ele, apontando para a casinha de Verão. — Dêem-me um martelo e um prego e aquilo serve bem. Como um palácio.

A Surpresa de Natal de Paddington

— Tem a certeza? — perguntou Mrs. Brown. — Não vai ter frio?

— Vê-se que nunca dormiu ao relento nos Andes, em pleno Inverno — disse o Tio Pastuzo.

— Isso é verdade — admitiu Mrs. Brown.

— Acordar quase todas as manhãs com gelo nos bigodes. Aqueles que têm bigodes — acrescentou rapidamente, sem querer ofender.

— É melhor ir tirar o cortador de relva — disse Mr. Brown. Deteve-se. — Ahm... desculpe-me perguntar, mas porque é que precisa de um martelo e de um prego?

— Preciso de um sítio para pendurar isto. — O Tio Pastuzo agarrou no chapéu. — A nossa casa é onde penduramos o nosso chapéu.

Com um movimento rápido, fez o chapéu voar pela sala. Durante um breve momento pairou no ar, antes de suavemente aterrar em cima de um candeeiro.

— Uau! — exclamou Jonathan, admirado. — Adorava conseguir fazer isso.

— Eu ensino-te — disse o Tio Pastuzo. — É o que se chama um talento especial.

O Regresso de Paddington

— Poderá ser um talento especial — disse Mrs. Brown, temendo pelo que poderia acontecer à sua loiça —, mas creio que não resultará tão bem com um boné da escola.

— Entretanto — disse o Tio Pastuzo, ignorando a interrupção. — Vou dar uma ajuda à Señorita Bird. Certificar-me de que ela faz os ovos como eu gosto. Bem passados, com a gema para cima.

— Também posso ir? — perguntou Paddington, ansioso.

Quando ficaram sozinhos, os Brown olharam um para o outro.

— O que é que achas que ele quis dizer quando disse «A nossa casa é onde penduramos o nosso chapéu»? — perguntou Mrs. Brown.

— Pareceu-me um bocadinho definitivo.

— Vá lá saber-se! — replicou Mr. Brown.

— De uma coisa eu tenho a certeza: se o pequeno-almoço for de perto ou de longe semelhante às outras refeições, o melhor é irmos às compras antes de as lojas fecharem para o Natal.

A Surpresa de Natal de Paddington

Acabou por ser Mrs. Bird a responder a todas as perguntas. Quando voltou a aparecer, estava nitidamente desejosa de se livrar desse peso.

— Aquilo deve entretê-los por um bocado — disse ela, desatando o avental. — Entretanto, há muito para pôr em dia. Deixei o Paddington encarregue das torradas e da compota.

— Diga-nos o pior — disse Mr. Brown.

— Bem... — Mrs. Bird respirou fundo. — O tio do Paddington vive nas montanhas dos Alpes, numa área que é rica em todo o tipo de metais preciosos: cobre, ouro, prata... platina. Agora, quem acham vocês que beneficia mais?

— As pessoas que escavam? — sugeriu Jonathan.

— Errado — disse Mrs. Bird.

— Os patrões? — arriscou Judy.

— Errado outra vez — disse Mrs. Bird.

— Se o carro que está à nossa porta for indício de alguma coisa — disse Mr. Brown —, eu responderia o Tio Pastuzo.

— Certo — disse Mrs. Bird. — Ele tem uma pequena loja no topo de uma das maiores minas e quando os mineiros acabam os seus turnos, com calor, cansados e, acima de tudo, com sede, ele está lá, pronto para os receber com cachorros e bebidas geladas.

«Eles podem passar o tempo debaixo da terra à procura de metais preciosos, mas o Tio Pastuzo tem a sua própria mina de ouro lá em cima. Para mais, eles não têm outro sítio onde gastar os seus ganhos.

«Tendo ficado rico ao longo dos anos, ele agora quer ver um pouco do mundo, enquanto ainda pode. Como ele próprio diz, "não o podemos levar connosco".

— Ele disse-lhe isso tudo enquanto cozinhava o pequeno-almoço? — admirou-se Mrs. Brown.

— E muito mais — confirmou Mrs. Bird. — Não há nada como conversar ao pé de um fogão para as pessoas se abrirem.

— Ahm... e enquanto estavam a pôr a conversa em dia ele por acaso não mencionou quanto tempo tenciona ficar? — perguntou Mr. Brown.

— No que me diz respeito — disse Mrs. Bird —, ele pode ficar o tempo que quiser. Tem uns grandes olhos castanhos iguais a uns que eu conheço — acrescentou, sonhadora. — E é muito educado. Vê-se bem a quem é que o Paddington sai... para além da Tia Lucy, claro.

A Surpresa de Natal de Paddington

— Que mais nos pode dizer? — perguntou Mrs. Brown.

— Espere para ver — disse Mrs. Bird, misteriosamente. — É uma ideia dele e eu não quero estragá-la, sobretudo porque é uma surpresa para o Paddington.

E assim de momento o assunto ficou encerrado.

Depois do seu enorme pequeno-almoço, o tio de Paddington foi lá fora ao carro e voltou carregado com uma mala. Deitou-a no meio do chão, abriu a tampa, pressionou um botão e uma pequena cama de viagem começou a desdobrar-se. Seguiu-se um sopro e um silvo, à medida que o colchão começava a tomar forma.

— Comprei-a em Hong Kong — informou ele.

— Tem a certeza de que não prefere algo maior? — perguntou Mrs. Brown.

O Tio Pastuzo abanou a cabeça.

— Perguntaram-me a mesma coisa quando fiquei no Hotel Ritz, em Paris, França. Não ficaram nada contentes quando eu disse que preferia a minha cama à deles. Eu disse-lhes: «Se não me deixam usar a minha cama então eu vou dormir à porta do hotel e pendurar toda a minha roupa para secar.» Ainda ficaram menos contentes.

— Espanta-me que não o tenham mandado prender — disse Mr. Brown.

O Tio Pastuzo fez soar umas moedas no bolso das calças.

— Não há motivo para espanto, se é que me faço entender... *buenas noches*.

Tendo dado as boas-noites, o tio de Paddington abriu a janela que dava para o jardim, reuniu as suas coisas e dirigiu-se para a casinha de Verão.

— É melhor eu tirar o cortador de relva — disse Mr. Brown.

— Não te esqueças dos pregos e do martelo — gritou Mrs. Brown.

— Deve ser bom ser-se tão independente — continuou ela, fechando a janela. — Mas é um pouco inquietante para todos nós. A que horas quererá ele ser acordado?

— Por enquanto eu deixava-o estar — disse Mrs. Bird. — É melhor deixar os ursos dorminhocos sossegados.

A Surpresa de Natal de Paddington

— Talvez ele vá hibernar — sugeriu Jonathan.

— A nossa professora de Geografia diz que os ursos não hibernam no verdadeiro sentido da palavra — disse Judy. — Por outro lado, alguns deles dormem durante meses seguidos. Talvez devêssemos perguntar ao Paddington.

— Não metam ideias na cabeça desse urso — avisou Mrs. Bird. — Ele já tem ideias a mais.

Como se veio a verificar, todos eles estavam errados sobre o Tio Pastuzo. Na manhã seguinte estava a pé bem cedo e, depois de anunciar que tinha «assuntos a tratar», desapareceu a seguir ao pequeno-almoço e só regressou bastante tarde.

— Se não leva a mal a pergunta — disse Mrs. Brown —, o que é que está a pensar fazer durante o resto do dia?

— Quer dizer o que é que *nós* vamos fazer? — disse o Tio Pastuzo.

Ouviu-se soar a buzina da limusina.

— É melhor despacharem-se — disse o Tio Pastuzo. — Caso contrário, perdemos o voo.

— Perdemos o voo? — repetiram os Brown.

O Regresso de Paddington

— É isso que lhe chamam — disse o Tio Pastuzo, empurrando todos porta fora.

Trepando para o lugar da frente, instalou-se ao lado do motorista e começou a dar instruções. Mas foram abafadas pelas exclamações dos Brown quando entraram.

Paddington quase caiu para trás de surpresa. A última pessoa que ele esperava encontrar era Mr. Gruber, sentado numa poltrona, ao fundo.

— Este mundo é muito pequeno, Mr. Brown — declarou o seu amigo. — E, como eu penso que já lhe disse uma vez, vai ficando cada vez mais pequeno. Sinto-me muito honrado por ter sido convidado.

— É muito à James Bond — disse Judy, descobrindo uma parede de ecrãs de televisão.

— Tem tudo menos uma ogiva nuclear — concordou Jonathan.

— Acho que não conseguia viver com estas cortinas — disse Mrs. Bird, deitando um olhar entendido à mobília. — São muito grandiosas e não dão nada com a carpete.

— Espero que não passemos por nenhum dos meus conhecidos — disse Mrs. Brown, acomo-

A Surpresa de Natal de Paddington

dando-se noutra poltrona. — Talvez seja melhor corrermos as cortinas, pelo sim, pelo não.

— Não nos conseguirão ver — disse Jonathan, apontando para as janelas espelhadas —, mas se quiseres... — Percorrendo com os olhos um painel de controlo à sua frente, premiu um botão e as cortinas desceram.

— Sabe o que está a acontecer, Mr. Gruber? — perguntou Paddington.

Mas Mr. Gruber não se descosia.

— Uma coisa que eu sempre quis fazer, Mr. Brown. — E mais não disse.

Mrs. Bird mantinha igualmente o silêncio sobre o assunto e durante o resto da viagem todos os outros estiveram tão ocupados a experimentar os vários mecanismos que mal tiveram tempo de reparar no caminho que tomavam.

Quando finalmente pararam, Jonathan pressionou de novo o botão e as cortinas voltaram a abrir; ele e Judy juntaram-se a Paddington, a olhar para fora por uma das janelas.

— Adivinhem! — disse Jonathan.

— Parece uma roda de uma bicicleta — disse Paddington.

— Chama-se London Eye — esclareceu Judy.

— Vamos todos dar uma volta — explicou Mr. Gruber.

— Vamos todos dar uma volta numa roda de bicicleta! — exclamou Paddington. — Espero que não tenhamos um furo!

— Não corremos esse risco — disse Mr. Gruber. — Se vir bem, verá que há uma quantidade de cabinas a toda a volta. Vamos viajar numa delas.

— Parecem feitas de vidro — disse Judy. — Não são, claro, mas quer dizer que podemos olhar para todo o lado enquanto andamos à volta.

— E podemos levantar-nos e andar de um lado para o outro — acrescentou Jonathan.

A Surpresa de Natal de Paddington

— São trinta e duas — disse o Tio Pastuzo, ajudando os outros a sair do carro. — Cada uma leva vinte e cinco passageiros. O que dá quase oitocentas pessoas. Marquei através do teu amigo da loja da ostra, *sobrino*, e paguei uma maquia extra para termos uma só para nós. Ele ficou tão satisfeito que diz que, sempre que quiseres umas férias, podes ir falar com ele.

O Regresso de Paddington

— Mrs. Bird tem razão — sussurrou Jonathan. — Os ursos conseguem sempre ficar por cima.

— Tratei de tudo — disse o Tio Pastuzo, quando uma hospedeira se aproximou para os receber. — Vamos ter o que se chama a viagem VIP. Iupiiii!

— Iupiii? — repetiu Mrs. Brown.

— Devia ser VIB: *very important bears*[4]!

---

[4] VIP é a sigla de *very important person* («pessoa muito importante»). O Tio Pastuzo sugere VIB, que seria a sigla de *very important bears* («ursos muito importantes»). (*NT*)

A Surpresa de Natal de Paddington

Muito divertido com a sua própria piada, o Tio Pastuzo seguiu atrás da hospedeira.

Chegaram mesmo a horas. Ao aproximarem-se do ponto de partida, esperava-os uma cápsula vazia. As portas abriram-se e, quando começaram a entrar, o Sol desaparecia por detrás do Parlamento.

Nos primeiros minutos, à medida que a roda começava a girar e eles ganhavam altitude, Mr. Gruber mostrava ao tio de Paddington os diversos pontos de interesse ainda visíveis ao cair da tarde: o Big Ben; o Palácio de Buckingham; a Torre de Londres; a Catedral de São Paulo; os parques e lagos; e a Torre da British Telecom, com a sua silhueta como que desenhada a lápis contra o céu.

Paddington já tinha visitado vários desses sítios ao longo dos anos, mas parecia que, à medida que Londres se começava a desdobrar à frente dos seus olhos, ganhavam nova vida, com os edifícios a parecerem-se com modelos, numa escala minúscula da realidade, as ruas povoadas por formigas e os modelos dos carros para cá e para lá, para onde quer que se olhasse.

— É a única maneira de ver o mundo — disse o Tio Pastuzo, feliz por ver a reacção de todos. — De cima e longe das multidões.

O Regresso de Paddington

À medida que a noite caía ainda mais, e a cápsula subia mais e mais, as luzes começaram a surgir por toda a Londres. Prédios inundados de luz surgiam e as luzes de Natal brilhavam no céu nocturno.

Até conseguiram ver pessoas a esquiar no gelo, na margem direita do rio, lá ao longe.

Houve um ligeiro soluço, quase no fim da viagem, e o Tio Pastuzo chamou-os a todos para verem algo a que ele chamava «uma coisa especial», mas, quando todos se formaram em grupo, o momento já tinha passado.

Tinha sido uma longa série de momentos mágicos e, na confusão do desembarque, ninguém, à excepção de Judy, reparou que o Tio Pastuzo desapareceu por um ou dois minutos. De qualquer forma, já se tinham habituado às suas súbitas idas e vindas.

No regresso a casa, Paddington concordou com todos em como tinha sido uma prenda como não tinham há muito tempo.

De qualquer das maneiras, Mrs. Bird não pôde deixar de reparar que, por momentos, tanto Paddington como o tio ficavam estranhamente calados.

Não deixava de se perguntar se toda a conversa sobre a volta ao mundo e agora a volta no London Eye

A Surpresa de Natal de Paddington

não teriam provocado uma grande inquietação em Paddington, mas, por enquanto, iria guardar esses pensamentos para si. Não fazia qualquer sentido estragar o bom momento de que todos estavam a desfrutar.

O Tio Pastuzo deixou primeiro Mr. Gruber em casa.

— Ao longo dos anos tem sido um bom amigo para o meu *sobrino* — disse ele, apertando-lhe calorosamente a mão. — Por isso, abençoo-o.

Por alguma razão, quando Mr. Gruber acenou a despedir-se, tudo pareceu irreversível.

A governanta dos Brown teve dificuldade em dormir nessa noite e por isso acordou bastante mais tarde na manhã seguinte. Mesmo assim, a casa pareceu-lhe estranhamente calma.

Depois de vestir um roupão, estava a descer as escadas quando olhou pela janela e reparou que o carro do Tio Pastuzo já não estava na entrada.

O Regresso de Paddington

O seu coração quase parou de bater e ela correu até ao quarto de Paddington. O edredão estava puxado para trás e havia uma cova no colchão, onde ele deveria ter estado deitado, mas estava fria ao toque.

Ao descer de novo, encontrou dois envelopes no tapete da entrada. Um tinha escrito «Señorita Bird», que ela guardou no bolso do avental, para mais tarde, o outro tinha escrito «Mr. e Mrs. Brown».

À sua chamada, rapidamente todos acordaram e desceram a correr, para ver o motivo de tanta excitação.

O bilhete para Mr. e Mrs. Brown era tipicamente curto.

— «Dito e feito, agora é altura de voltar para casa» — leu Mr. Brown. — «Portanto, amigos, é altura de dizer *adiós* e *gracias*.»

— É simpático — disse ele, depois de se ter refeito do choque inicial. — Por alguma razão, *adiós* soa melhor do que adeus, não é tão definitivo.

— E *gracias* é melhor do que um simples «obrigado» — concordou Mrs. Brown.

— A minha questão é... — disse Mrs. Bird, à procura das palavras ideais e com dificuldade em exprimir o que verdadeiramente a perturbava. — Onde é que está o Paddington?

Alguma coisa no seu tom de voz provocou uma onda de inquietação entre os outros.

— Estava no jardim a última vez que o vi — disse Jonathan. — Acho que estava a cavar qualquer coisa esta manhã, bem cedo.

Um olhar pela janela da sala de jantar foi o suficiente.

Com o susto, ao ver-se rodeado pelos restantes membros da família, Paddington quase deixou cair a sua pá da praia.

— Estava à procura de um tesouro escondido — anunciou ele. — O Tio Pastuzo deixou-me um mapa feito por ele.

«Ele não gosta de despedidas, portanto meteu-o por baixo da minha porta, ontem à noite, quando me fui deitar. — E ergueu-o, à vista de todos. — Pensei que era melhor levantar-me cedo, não fosse Mr. Curry ver-me e querer saber o que é que eu estava a fazer.

— O X marca o lugar onde se começa — disse Jonathan, olhando para o tosco mapa.

— Diz dez passos para norte — leu Judy. — Depois, dez passos para leste.

— O problema é — queixou-se Paddington — que eu não tenho a certeza para que lado fica o Norte.

— Também vou buscar a minha pá — disse Mr. Brown, agora já tão entusiasmado como todos os outros.

Seguindo as instruções, acabaram nuns arbustos.

— Essas são as minhas espécies premiadas — disse ele. — Não pode estar debaixo desse canteiro. Pelo menos espero que não esteja.

— Talvez sejam passos de urso — disse Mrs. Brown.
— Não são tão grandes como os nossos. É melhor deixar o Paddington tentar.

A Surpresa de Natal de Paddington

Depois de ter sido encaminhado na direcção certa, Paddington começou a andar, enquanto os outros contavam os passos à medida que ele avançava.

Garantidamente, desta vez o caminho foi dar ao meio de um canteiro de flores. Mr. Brown tirou para o lado um molho de folhas secas que revelaram um monte de terra que tinha sido mexida há pouco tempo e, após algumas cavadelas com a pá, ouviu-se um barulho metálico.

— Fantástico! — exclamou Jonathan.

— Não tenho tanta certeza — disse Mr. Brown. — É a caixa onde eu guardo as minhas bolas de golfe. Espero que estejam bem.

— Despacha-te, Henry — instou Mrs. Brown. — O Paddington está à espera.

— Queres experimentar tu, então? — disse Mr. Brown, entregando a pá a Paddington.

Paddington não precisou que lho dissessem segunda vez e, num instante, tirou a caixa do chão e abriu a tampa.

A primeira coisa que encontrou foi um saco de tecido com uma etiqueta com o seu nome. Puxou os cordões que fechavam o saco e, apalpando o conteúdo, viu que estava cheio de moedas.

— O Tio Pastuzo deve tê-las coleccionado enquanto viajava à volta do mundo — disse Jonathan, observando melhor. — Aposto que valem uma fortuna!

Debaixo das moedas, cuidadosamente embrulhadas em papel de seda, estavam sete fotografias em papel brilhante, de toda a família, tiradas dentro do London Eye.

— Ah, então foi por isso que ele desapareceu — disse Judy. — Eu reparei num aviso que diz que se, posarmos numa certa altura, é automaticamente tirada uma fotografia, que está pronta à saída, para se comprar.

A Surpresa de Natal de Paddington

— Que ideia tão simpática — disse Mrs. Brown. —Temos de emoldurar a nossa, Henry. Tem de ficar num lugar de honra, por cima da lareira.

— Eu vou pôr a minha na mesa-de-cabeceira — disse Mrs. Bird.

— Nós podemos levar as nossas quando regressarmos à escola — acrescentou Judy.

— E eu vou pôr a minha ao lado da fotografia da Tia Lucy — disse Paddington. — Amanhã darei ao Mr. Gruber a dele. Acho que ele vai gostar de a expor na loja.

— Vamos sentir a falta do Tio Pastuzo — disse Mrs. Brown, regressando a casa.

— Ele podia parecer um turbilhão, mas sem ele isto vai ficar tudo demasiado tranquilo.

— Pelo menos agora este urso tem um pé-de--meia — disse Mrs. Bird. — Foi uma coisa que sempre me preocupou.

Tendo ouvido a conversa, assim que entrou em casa Paddington subiu a correr para o seu quarto e examinou cuidadosamente os pés. Um pé-de-meia? Ele não via meias em nenhum dos seus pés.

O REGRESSO DE PADDINGTON

Para onde quer que se voltasse não conseguia ver sinal de meias e, no entanto, ao ouvir Mrs. Bird, ele tinha a certeza de que recebera do Tio Pastuzo uma coisa muito importante.

Mais tarde, nessa mesma manhã, os Brown ouviram martelar no quarto de Paddington, mas estavam todos tão satisfeitos com o facto de ele ainda estar com eles que fingiram não reparar.

— Tenho estado a seguir o exemplo da Tia Lucy — anunciou ele nessa noite, quando todos subiram ao seu quarto para lhe desejar boas noites. — Tenho estado a dar graças pelas minhas bênçãos. Só que quero fazê-lo *antes* de ir dormir. São tantas que tenho medo de não ter tempo amanhã.

«Ainda tenho compras importantes para fazer e tenho de ir ao banco para contar as moedas do Tio Pastuzo.

— Acho que não vais propriamente ganhar o prémio de popularidade por parte das outras pessoas na fila, especialmente nesta altura do ano — avisou Mr. Brown.

— Seja como for — disse Mrs. Brown —, não deves gastar o teu dinheiro connosco. Tu estares cá é o melhor presente que poderíamos ter.

A Surpresa de Natal de Paddington

— A vida não seria a mesma sem ti — acrescentou Mrs. Bird, e todos concordaram.

Paddington apontou para um grande prego na parte de trás da porta do seu quarto.

— O Tio Pastuzo ensinou-me uma coisa — explicou ele. — A nossa casa é onde penduramos o nosso chapéu.

Tirando o seu chapéu de feltro, atirou-o pelo ar. Para sua grande surpresa, este voltou a aterrar na sua cabeça.

— Deixa estar, Paddington — disse Mrs. Brown, por entre o riso geral. — Com a prática, acabarás por atingir a perfeição e, a partir de agora, tens todo o tempo do mundo para praticar!